U0084538

淚眼問花花不語，
亂紅飛過秋千去。

人間詞話、蕙風詞話

王國維、況周頤
撰著

目錄

人間詞話／9
人間詞話・刪稿／48
人間詞話・附錄／74
蕙風詞話／95

王國維〔撰〕

人間詞話

一

詞以境界為最上。有境界則自成高格，自有名句。五代、北宋之詞所以獨絕者在此。

二

有造境，有寫境，此理想與寫實二派之所由分。然二者頗難分別。因大詩人所造之境必合乎自然，所寫之境亦必鄰於理想故也。

三

有有我之境，有無我之境。『淚眼問花花不語，亂紅飛過秋千去。』❶『可堪孤館閉春寒，杜鵑聲裏斜陽暮。』❷有我之境也。『采菊東籬下，悠然見南山。』❸『寒波澹澹起，白鳥悠悠下。』❹無我之境也。有我之境，以我觀物，故物皆著我之色彩。無我之境，以物觀物，故不知何者為我，何者為物。古人為詞，寫有我之境者為多，然未始不能寫無我之境。此在豪傑之士能自樹立耳。

❶ 馮延巳〈鵲踏枝〉：『庭院深深深幾許？楊柳堆煙，簾幕無重數。玉勒雕鞍遊冶處，樓高不見章臺路。　雨橫風狂三月暮。門掩黃昏，無計留春住。淚眼問花花不語，亂紅飛入（別作『過』）秋千去。』（據四印齋本《陽春集》）

❷ 秦觀〈踏莎行〉：『霧失樓臺，月迷津渡。桃源望斷無尋處。可堪孤館閉春寒，杜鵑聲裏斜陽暮。　驛寄梅花，魚傳尺素，砌成此恨無重數。郴江幸自遶郴山，為誰流下瀟湘去。』（據番禺葉氏宋本兩種合印《淮海長短句》卷中）

❸ 陶潛〈飲酒〉第五首：『結廬在人境，而無車馬喧。問君何能爾，心遠地自偏。采菊東籬下，悠然見南山。山氣日夕佳，飛鳥相與還。此中有真意，欲辨已忘言。』（據陶澍集注本《陶靖節集》卷三）

❹ 元好問〈潁亭留別〉：『故人重分攜，臨流駐歸駕。乾坤展清眺，萬景若相借。北風三日雪，太素秉元化。九山鬱崢嶸，了不受陵跨。寒波澹澹起，白鳥悠悠下。懷歸人自急，物態本閒暇。壺觴負吟嘯，塵土足悲咤。回首亭中人，平林澹如畫。』（據《四部備要》本《遺山詩集箋注》卷一）

四

無我之境，人惟於靜中得之。有我之境，於由動之靜時得之。故一優美，一宏壯也。

五

自然中之物，互相關係，互相限制。然其寫之於文學及美術中也，必遺其關係、限制之處。故雖寫實家，亦理想家也。又雖如何虛構之境，其材料必求之於自然，而其構造，亦必從自然之法則。故雖理想家，亦寫實家也。

六

境，非獨謂景物也。喜怒哀樂，亦人心中之一境界。故能寫真景物、真感情者，謂之有境界。否則謂之無境界。

七

『紅杏枝頭春意鬧』❶，著一『鬧』字，而境界全出。『雲破月來花弄影』❷，著一『弄』字，而境界全出矣。

❶ 宋祁〈玉樓春〉（春景）：『東城漸覺風光好，縠皺波紋迎客棹。綠楊煙外曉寒輕，紅杏枝頭春意鬧。　浮生長恨歡娛少，肯愛千金輕一笑。為君持酒勸斜陽，且向花間留晚照。』（據趙萬里輯本《宋景文公長短句》）

❷ 張先〈天仙子〉（時為嘉和小倅，以病眠，不赴府會。）：『水調數聲持酒聽，午醉醒來愁未醒。送春春去幾時回？臨晚鏡，傷流景，往事後期空記省。　沙上竝禽池上暝，雲破月來花弄影。重重簾幕密遮燈，風不定，人初靜，明日落紅應滿徑。』（據《彊村叢書》本《張子野詞》卷二）

八

境界有大小，不以是而分優劣。『細雨魚兒出，微風燕子斜。』❶何遽不若『落日照大旗，馬鳴風蕭蕭。』❷『寶簾閒掛小銀鉤』❸，何遽不若『霧失樓臺，月迷津渡』❹也。

❶杜甫〈水檻遣心〉二首之一：『去郭軒楹敞，無村眺望賒。澄江平少岸，幽樹晚多花。細雨魚兒出，微風燕子斜。城中十萬戶，此地兩三家。』（據仇兆鰲《杜詩詳注》卷十）

❷杜甫〈後出塞〉五首之二：『朝進東門營，暮上河陽橋。落日照大旗，馬鳴風蕭蕭。平沙列萬幕，部伍各見招。中天懸明月，令嚴夜寂寥。悲笳數聲動，壯士慘不驕。借問大將誰？恐是霍嫖姚。』（據《杜詩詳注》卷四）

❸秦觀〈浣溪沙〉：『漠漠輕寒上小樓，曉陰無賴似窮秋。澹煙流水畫屏幽。自在飛花輕似夢，無邊絲雨細如愁。寶簾閒挂小銀鉤。』（據《淮海長短句》卷中）

❹此為秦觀〈踏莎行〉句，已見第三則注❷。

九

《嚴滄浪詩話》謂：『盛唐諸公（《詩話》，「公」作「人」），唯在興趣；羚羊挂角，無跡可求。故其妙處，透澈（『澈』作『徹』）玲瓏，不可湊拍（『拍』作『泊』）。如空中之音、相中之色、水中之影（『影』作『月』）、鏡中之象，言有盡而意無窮。』余謂：北宋以前之詞亦復如是。然滄浪所謂興趣，阮亭所謂神韻，猶不過道其面目；不若鄙人拈出『境界』二字，為探其本也。

一〇

太白純以氣象勝。『西風殘照，漢家陵闕。』❶寥寥八字，遂關千古登臨之口。後世唯范文正之〈漁家傲〉❷、夏英公之〈喜遷鶯〉❸差足繼武，然氣象已不逮矣。

❶李白〈憶秦娥〉：『簫聲咽，秦娥夢斷秦樓月。秦樓月。年年柳色，霸陵傷別。　樂游原上清秋節，咸陽古道音塵絕。音塵絕。西風殘照，漢家陵闕。』（據《四部叢刊》本《唐宋諸賢絕妙詞選》卷一）

❷范仲淹〈漁家傲〉（秋思）：『塞下秋來風景異，衡陽雁去無留意。四面邊聲連角起。千嶂裏，長煙落日孤城閉。　濁酒一杯家萬里，燕然未勒歸無計。羌管悠悠霜滿地。人不寐，將軍白髮征夫淚。』（據《彊村叢書》本《范文正公詩餘》）

❸夏竦〈喜遷鶯令〉：『霞散綺，月垂鉤，簾卷未央樓。夜涼銀漢截天流，宮闕鎖清秋。　瑤臺樹，金莖露，鳳髓香盤煙霧。三千珠翠擁宸游，水殿按涼州。』（據《絕妙詞選》卷二）

一一

張皋文謂：『飛卿之詞，深美閎約。』❶余謂：此四字唯馮正中足以當之。劉融齋謂：『飛卿精豔（當作『妙』）絕人。』❷差近之耳。

❶張惠言《詞選序》：『唐之詞人，溫庭筠最高，其言深美閎約。』

❷劉熙載《藝概》卷四〈詞曲概〉：『溫飛卿詞精妙絕人，然類不出乎綺怨。』

一二

『畫屏金鷓鴣』，飛卿語也❶，其詞品似之。『絃上黃鶯語』，端己語也❷，其詞品亦似之。正中詞品，若欲於其詞句中求之，則『和淚試嚴妝』❸殆近之歟？

❶溫庭筠〈更漏子〉：『柳絲長，春雨細，花外漏聲迢遞。驚塞雁，起城烏，畫屏金鷓鴣。香霧薄，透簾幕，惆悵謝家池閣。紅燭背，繡簾垂，夢長君不知。』（據觀堂自輯本《金荃詞》）（按：觀堂自輯本，文字未經校訂，不足據。應以《花間集》為據。後同。）

❷韋莊〈菩薩蠻〉：u紅樓別夜堪惆悵，香燈半捲流蘇帳。殘月出門時，美人和淚辭。琵琶金翠羽，絃上黃鶯語。勸我早歸家，綠窗人似花。」（據觀堂自輯本《浣花詞》）

❸馮延巳〈菩薩蠻〉：『嬌鬟堆枕釵橫鳳，溶溶春水楊花夢。紅燭淚闌干，翠屏煙浪寒。錦壺催畫箭，玉佩天涯遠。和淚試嚴妝，落梅飛曉霜。』（據《陽春集》）

一三

南唐中主詞：『菡萏香銷翠葉殘，西風愁起綠波閒。』❶大有眾芳蕪穢，美人遲暮之感。乃古今獨賞其『細雨夢回雞塞遠，小樓吹徹玉笙寒。』❷故知解人正不易得。

❶中主〈浣溪沙〉：『菡萏香銷翠葉殘，西風愁起綠波閒。還與韶光共顦顇，不堪看。　細雨夢回雞塞遠，小樓吹徹玉笙寒。多少淚珠無限恨，倚闌干。』（據戴景素校注本《李後主詞附錄．中主詞》）

❷馬令《南唐書卷二十一．馮延巳傳》：『元宗《樂府詞》云：「小樓吹徹玉笙寒。」延巳有「風乍起，吹皺一池春水」之句，皆為警策。元宗嘗戲延巳曰：「吹皺一池吹水，干卿何事？」延巳曰：「未如陛下小樓吹徹玉笙寒。」元宗悅。』又胡仔《苕溪漁隱叢話》前集卷五十九引《雪浪齋日記》：『荊公問山谷云：「作小詞，曾看李後主詞否？」云：「曾看。」荊公云：「何處最好？」山谷以「一江春水向東流」為對。荊公云：「未若細雨夢回雞塞遠，小樓吹徹玉笙寒。」』（案：荊公誤元宗為後主）

一四

溫飛卿之詞，句秀也；韋端己之詞，骨秀也；李重光之詞，神秀也。

一五

詞至李後主而眼界始大，感慨遂深，遂變伶工之詞而為士大夫之詞。周介存置諸溫韋之下❶，可謂顛倒黑白矣。『自是人生長恨水長東。』❷『流水落花春去也，天上人間。』❸《金荃》、《浣花》能有此氣象耶？

❶周濟《介存齋論詞雜著》：『毛嬙、西施，天下美婦人也。嚴妝佳，淡妝亦佳，麤服亂頭，不掩國色。飛卿，嚴妝也；端己，淡妝也。後主則麤服亂頭矣。』

❷後主〈烏夜啼〉：『林花謝了春紅，太匆匆。無奈朝來寒重晚來風。　胭脂淚，留人醉，幾時重？自是人生長恨水長東。』（據《李後主詞》）

❸後主〈浪淘沙令〉：『簾外雨潺潺，春意闌珊，羅衾不耐五更寒。夢裏不知身是客，一晌貪歡。　獨自莫憑闌。無限江山，別時容易見時難。流水落花春去也，天上人間。』（據《李後主詞》）

一六

詞人者，不失其赤子之心者也。故生於深宮之中，長於婦人之手，是後主為人君所短處，亦即為詞人所長處。

一七

客觀之詩人，不可不多閱世。閱世愈深，則材料愈豐富，愈變化。《水滸傳》、《紅樓夢》之作者是也。主觀之詩人，不必多閱世。閱世愈淺，則性情愈真。李後主是也。

一八

尼采謂：『一切文學，余愛以血書者。』後主之詞，真所謂以血書者也。宋道君皇帝〈燕山亭〉詞❶亦略似之。然道君不過自道身世之戚，後主則儼有釋迦、基督擔荷人類罪惡之意，其大小固不同矣。

❶宋徽宗〈燕山亭〉（北行見杏花）：『裁翦冰綃，輕疊數重，淡著燕脂勻注。新樣靚妝，豔溢香融，羞殺蕊珠宮女。易得凋零，更多少無情風雨。愁苦。閒院落淒涼，幾番春暮。　憑寄離恨重重，這雙燕何曾、會人言語。天遙地遠，萬水千山，知他故宮何處？怎不思量？除夢裏有時曾去。無據。和夢也、新來不做。』（據《彊村叢書》本《宋徽宗詞》）

一九

馮正中詞雖不失五代風格，而堂廡特大，開北宋一代風氣。與中、後二主詞皆在花間

範圍之外，宜《花間集》中不登其隻字也。❶

❶龍沐勛《唐宋名家詞選》：『案：《花間集》多西蜀詞人，不采二主及正中詞，當由道里隔絕，又年歲不相及有以致然。非因流派不同，遂爾遺置也。王說非是。』

二〇

正中詞除〈鵲踏枝〉、〈菩薩蠻〉十數闋❶最煊赫外，如〈醉花間〉之『高樹鵲銜巢，斜月明寒草。』❷余謂：韋蘇州之『流螢渡高閣』❸、孟襄陽之『疏雨滴梧桐』❹不能過也。

❶《陽春集》載〈鵲踏枝〉十四闋、〈菩薩蠻〉九闋，辭繁，不具錄。

❷馮延巳〈醉花間〉：『晴雪小園春未到，池邊梅自早。高樹鵲銜巢，斜月明寒草。 山川風景好，自古金陵道。少年看卻老。相逢莫厭醉金杯，別離多、懽會少。』（據《陽春集》）（按：他本《陽春集》，『巢』俱作『窠』。）

❸韋應物〈寺居獨夜寄崔主簿〉：『幽人寂無寐，木葉紛紛落。寒雨暗深更，流螢渡高閣。坐使青燈曉，還傷夏衣薄。寧知歲方晏，離居更蕭索。』（據《四部備要》本《韋蘇州集》卷二）

❹《全唐詩》卷六．孟浩然句：『微雲淡河漢，疏雨滴梧桐。』注：王士源云：『浩然常閒游祕省。秋月新霽，諸英聯詩。次當浩然云云……舉座嗟其清絕，不復為綴。』（按：此事出唐王士源《孟浩然集序》。原文云：浩然『嘗閒游祕省。秋月新霽，諸英華賦詩作會。浩然句云：「微雲淡河漢，疏雨滴梧桐。」舉座嗟其清絕，咸閣筆

不復為繼。』）

二一

歐九〈浣溪沙〉詞：『綠楊樓外出秋千。』晁補之謂：只一『出』字，便後人所不能道。❶余謂：此本於正中〈上行杯〉詞『柳外秋千出畫牆』❷，但歐語尤工耳。

❶歐陽修〈浣溪沙〉：『堤上游人逐畫船，拍堤春水四垂天。綠楊樓外出鞦韆。白髮戴花君莫笑，六么催拍琖頻傳。人生何處似尊前。』（據林大椿校本《歐陽文忠公近體樂府》卷三）吳曾《能改齋漫錄》卷十六：晁無咎評本朝樂章云：『歐陽永叔〈浣溪沙〉云：「堤上游人逐畫船，拍堤春水四垂天。綠楊樓外出秋千。」要皆絕妙。然只一「出」字，自是後人道不到處。』

❷馮延巳〈上行杯〉：『落梅著雨消殘粉，雲重煙輕寒食近。羅幙遮香，柳外秋千出畫牆。春山顛倒釵橫鳳，飛絮入簾春睡重。夢裏佳期，祇許庭花與月知。』（據《陽春集》）

二二

梅聖（原誤作『舜』）俞〈蘇幕遮〉詞：『落盡梨花春事（當作『又』）了，滿地斜（當作『殘』）陽，翠色和煙老。』❶劉融齋謂：少游一生似專學此種❷。余謂：馮正中〈玉樓春〉詞：『芳菲次第長相續，自是情多無處足。尊前百計得春歸，莫為傷春眉黛促。』❸永叔一生似專學此種。

❶梅堯臣〈蘇幕遮〉(草)：『露隄平，煙墅杳。亂碧萋萋，雨後江天曉。獨有庾郎年最少。窣地春袍，嫩色宜相照。　接長亭，迷遠道。堪怨王孫，不記歸期早。落盡梨花春又了。滿地殘陽，翠色和煙老。』(據《四部備要》本《詞綜》卷四)

❷劉熙載《藝概卷四．詞曲概》引此詞云：『此一種，似為少游開先。』

❸歐陽修〈玉樓春〉：『雪雲乍變春雲簇，漸覺年華堪送目。北枝梅蕊犯寒開，南浦波紋如酒綠。　芳菲次第還相續，不奈情多無處足。尊前百計得春歸，莫為傷春歌黛蹙。』(據歐陽文忠公《近體樂府》卷二)按．此詞未見《陽春集》。《尊前集》作馮延巳詞，不知何據。《陽春集》既不載，自難徵信，當為歐作無疑。觀堂謂永叔一生似專學此種，不知此詞原為永叔作也。又所引係據《尊前》，故與歐集有異文。(按．宋羅泌校《歐陽文忠公近體樂府》，祇云：『此篇《尊前集》作馮延巳，而《陽春錄》不載。』宋朱翌《猗覺寮雜記》卷上引『北枝梅蕊犯寒開』句，作馮延巳詞。朱翌，南宋初人，早於羅泌，所言當有據。明董逢元未見《尊前集》，而所輯《唐詞紀》以此首為馮詞，亦必有據。尚未能斷定為『歐作無疑』也。)

二三

人知和靖〈點絳脣〉❶、聖(原誤作『舜』)俞〈蘇幕遮〉❷、永叔〈少年游〉(原脫『游』)三闋為詠春草絕調❸。不知先有正中『細雨溼流光』五字❹，皆能攝春草之魂者也。

❶林逋〈點絳脣〉（草）：『金谷年年，亂生春色誰為主。餘花落處，滿地和煙雨。　又是離愁，（按：『愁』，《苕溪漁隱叢話》後集卷二十一引楊元素《本事曲》，作『歌』，文義較長。）一闋長亭暮。王孫去。萋萋無數，南北東西路。』（據《絕妙詞選》卷二）

❷梅堯臣〈蘇幕遮〉，已見上一則注。

❸吳曾《能改齋漫錄》卷十七：『梅聖俞在歐陽公坐，有以林逋〈草詞〉「金谷年年，亂生青草（按：《絕妙詞選》、《草堂詩餘》等書，『青草』均作『春色』）誰為主」為美者。梅聖俞別為〈蘇幕遮〉一闋，歐公擊節賞之。又自為一詞云：「闌干十二獨憑春，晴碧遠連雲。千里萬里，二月三月，行色苦愁人。　謝家池上，江淹浦畔，吟魄與離魂。那堪疏雨滴黃昏，更特地、憶王孫。」蓋〈少年游〉令也。不惟前二公所不及，雖求諸唐人溫李集中，殆與之為一矣。今集不載此一篇，惜哉！』

❹馮延巳〈南鄉子〉：『細雨溼流光，芳草年年與恨長。煙鎖鳳樓無限事，茫茫，鸞鏡鴛衾兩斷腸。　魂夢任悠揚，睡起楊花滿繡床。薄倖不來門半掩，斜陽。負你殘春淚幾行。』（據《陽春集》）

二四

《詩．蒹葭》一篇❶，最得風人深致。晏同叔之『昨夜西風凋碧樹。獨上高樓，望盡天涯路。』❷意頗近之。但一灑落，一悲壯耳。

❶《詩．秦風．蒹葭》：『蒹葭蒼蒼，白露為霜。所謂伊人，在水一方。遡洄從之，道阻且長。遡游從之，宛在

水中央。蒹葭淒淒，白露未晞。所謂伊人，在水之湄。遡洄從之，道阻且躋。遡游從之，宛在水中坻。蒹葭采采，白露未已。所謂伊人，在水之涘。遡洄從之，道阻且右。遡游從之，宛在水中沚。』（據《四部叢刊》本《毛詩》卷第六）

❷晏殊〈蝶戀花〉：『檻菊愁煙蘭泣露。羅幕輕寒，燕子雙飛去。明月不諳離恨苦，斜光到曉穿朱戶。　昨夜西風凋碧樹。獨上高樓，望盡天涯路。欲寄彩箋無尺素，山長水闊知何處。』（據林大椿校本《珠玉詞》）（按：晏詞調名，原作〈鵲踏枝〉（據明抄本《珠玉詞》）。『無尺素』應作『兼尺素』（據同上）。張子野詞同，較可據。林大椿校本未善。）

二五

『我瞻四方，蹙蹙靡所騁。』❶詩人之憂生也。『昨夜西風凋碧樹。獨上高樓，望盡天涯路』似之。『終日馳車走，不見所問津。』❷詩人之憂世也。『百草千花寒食路，香車繫在誰家樹』❸似之。

❶《詩・小雅・節南山》第七章：『駕彼四牡，四牡項領。我瞻四方，蹙蹙靡所騁。』（據《毛詩》卷第十二）

❷陶潛〈飲酒〉第二十首：『羲農去我久，舉世少復真。汲汲魯中叟，彌縫使其淳。鳳鳥雖不至，禮樂暫得新。洙泗輟微響，漂流逮狂秦。詩書復何罪，一朝成灰塵。區區諸老翁，為事誠殷勤。如何絕世下，六籍無一親。終日馳車走，不見所問津。若復不快飲，空負頭上巾。但恨多謬誤，君當恕醉人。』（據《陶靖節集》卷三）

❸馮延巳〈鵲踏枝〉：『幾日行雲何處去？忘卻歸來，不道春將暮。百草千花寒食路，香車繫在誰家樹？　淚眼倚

樓頻獨語。雙燕飛來，陌上相逢否？撩亂春愁如柳絮，悠悠夢裏無尋處。』（據《陽春集》）

二六

古今之成大事業、大學問者，必經過三種之境界：『昨夜西風凋碧樹。獨上高樓，望盡天涯路。』此第一境也。『衣帶漸寬終不悔，為伊消得人憔悴。』❶此第二境也。『眾裏尋他千百度，回頭驀見（當作『驀然迴首』），那人正（當作『卻』）在燈火闌珊處。』❷此第三境也。此等語皆非大詞人不能道。然遽以此意解釋諸詞，恐為晏歐諸公所不許也。

❶柳永〈鳳棲梧〉：『竚倚危樓風細細，望極春愁，黯黯生天際。草色煙光殘照裏，無言誰會憑闌意。擬把疏狂圖一醉，對酒當歌，強樂還無味。衣帶漸寬終不悔，為伊消得人憔悴。』（據《彊村叢書》本《樂章集》中卷）（按，原稿自注：歐陽永叔。觀堂先生《靜庵文集續編．文學小言》五與此則相同，亦云：歐陽永叔〈蝶戀花〉。蓋據宋本《歐陽文忠公近體樂府》。）

❷辛棄疾〈青玉案〉（元夕）：『東風夜放花千樹，更吹落、星如雨。寶馬雕車香滿路。鳳簫聲動，玉壺光轉，一夜魚龍舞。蛾兒雪柳黃金縷，笑語盈盈暗香去。眾裏尋它千百度。驀然迴首，那人卻在，燈火闌珊處。』（據林大椿校本《稼軒長短句》卷七。觀堂引此有異文，與其他各本亦均不同，疑誤。）

二七

永叔『人間（當作『生』）自是有情癡，此恨不關風與月。』『直須看盡洛城花，始與（當作『共』）東（當作『春』）風容易別。』❶於豪放之中有沈著之致，所以尤高。

❶歐陽修〈玉樓春〉：『尊前擬把歸期說，未語春容先慘咽。人生自是有情癡，此恨不關風與月。 離歌且莫翻新闋，一曲能教腸寸結。直須看盡洛城花，始共春風容易別。』（據《歐陽文忠公近體樂府》卷二。觀堂引此，亦有異文，疑誤。）

二八

馮夢華《宋六十一家詞選序例》謂：『淮海、小山，古之傷心人也。其淡語皆有味，淺語皆有致。』余謂此唯淮海足以當之。小山矜貴有餘，但可方駕子野、方回，未足抗衡淮海也。

二九

少游詞境最為淒婉。至『可堪孤館閉春寒，杜鵑聲裏斜陽暮。』則變而淒厲矣。東坡賞其後二語❶，猶為皮相。

❶胡仔《苕溪漁隱叢話》前集卷五十引惠洪《冷齋夜話》：『少游到郴州，作長短句。（按即〈踏莎行〉詞，已見第三則注❷）東坡絕愛其尾兩句，自書於扇曰：「少游已矣，雖萬人何贖。」』

三〇

『風雨如晦，雞鳴不已。』❶『山峻高以蔽日兮，下幽晦以多雨。霰雪紛其無垠兮，雲霏霏而承宇。』❷『樹樹皆秋色，山山盡（當作『唯』）落暉。』❸『可堪孤館閉春寒，杜鵑聲裏斜陽暮。』氣象皆相似。

❶《詩．鄭風．風雨》：『風雨淒淒，雞鳴喈喈。既見君子，云胡不夷。風雨瀟瀟，雞鳴膠膠。既見君子，云胡不瘳。風雨如晦，雞鳴不已。既見君子，云胡不喜。』（據《毛詩》卷第四）

❷見《楚辭．九章．涉江》。辭長，不備錄。

❸王績〈野望〉：『東皋薄暮望，徙倚欲何依。樹樹皆秋色，山山唯落暉。牧人驅犢返，獵馬帶禽歸。相顧無相識，長歌懷采薇。』（據《岱南閣叢書》本《王無功集》卷中）

三一

昭明太子稱：陶淵明詩『跌宕昭彰，獨超眾類。抑揚爽朗，莫之與京。』❶王無功稱：薛收賦『韻趣高奇，詞義晦遠。嵯峨蕭瑟，真不可言。』❷詞中惜少此二種氣象。前者惟東坡，後者唯白石，略得一二耳。

❶見蕭統《陶淵明集》序。

❷見《王無功集》卷下〈答馮子華處士書〉。所稱薛收賦，謂係〈白牛谿賦〉。

三二

詞之雅、鄭，在神不在貌。永叔、少游雖作豔語，終有品格。方之美成，便有淑女與倡伎之別。

三三

美成深遠之致不及歐、秦。唯言情體物，窮極工巧，故不失為第一流之作者。但恨創調之才多，創意之才少耳。

三四

詞忌用替代字。美成〈解語花〉之『桂華流瓦』❶境界極妙，惜以『桂華』二字代『月』耳。夢窗以下，則用代字更多。其所以然者，非意不足，則語不妙也。蓋意足則不暇代，語妙則不必代。此少游之『小樓連苑』、『繡轂雕鞍』❷所以為東坡所譏也❸。

❶周邦彥〈解語花〉（元宵）：『風銷焰蠟，露浥烘爐，花市光相射。桂華流瓦。纖雲散，耿耿素娥欲下。衣裳淡雅。看楚女、纖腰一把。簫鼓喧，人影參差，滿路飄香麝。因念都城放夜，望千門如晝，嬉笑游冶。鈿車羅帕。相逢處，自有暗塵隨馬。年光是也。唯只見，舊情衰謝。清漏移，飛蓋歸來，從舞休歌罷。』（據林大椿校本《清真集》卷下）

❷秦觀〈水龍吟〉：『小樓連遠（汲古閣本，『遠』作『苑』）橫空，下窺繡轂雕鞍驟。朱簾半卷，單衣初試，清明時候。破暖輕風，弄晴微雨，欲無還有。賣花聲過盡，斜陽院落。紅成陣、飛鴛甃。玉佩丁東別後，悵佳期，參差難又。名韁利鎖，天還知道，和天也瘦。花下重門，柳邊深巷，不堪回首。念多情，但有當時皓月，向人依舊。』（據《淮海長短句》卷上）（按：《花庵．唐宋詞選》，『遠』亦作『苑』。）

❸《歷代詩餘》卷五引曾慥《高齋詞話》：『少游自會稽入都見東坡。東坡問作何詞。少游舉「小樓連苑橫空，下窺繡轂雕鞍驟。」東坡曰：「十三個字只說得一個人騎馬樓前過。」』（按：此出黃昇《唐宋諸賢絕妙詞選》卷二，文字稍異。宋曾慥有《高齋詩話》，無《高齋詞話》。《歷代詩餘》所引殊不足據。）

三五

沈伯時《樂府指迷》云：『說桃不可直說破（原無『破』字，據《花草粹編》附刊本《樂府指迷》加。）桃，須用「紅雨」、「劉郎」等字。詠（原作『說』）柳不可直說破柳，須用「章臺」、

「灞岸」等字。』若惟恐人不用代字者。果以是為工，則古今類書具在，又安用詞為耶？宜其為《提要》所譏也❶。

❶《四庫提要》集部詞曲類二沈氏《樂府指迷》條：『又謂說桃須用「紅雨」、「劉郎」等字，說柳須用「章臺」、「灞岸」等字，說書須用「銀鉤」等字，說淚須用「玉箸」等字，說髮須用「綠雲」等字，說簟須用「湘竹」等字，不可直說破。其意欲避鄙俗，而不知轉成塗飾，亦非確論。』

三六

美成〈青玉案〉（**當作〈蘇幕遮〉**）詞：『葉上初陽乾宿雨。水面清圓，一一風荷舉。』❶此真能得荷之神理者。覺白石〈念奴嬌〉、〈惜紅衣〉二詞❷，猶有隔霧看花之恨。

❶周邦彥〈蘇幕遮〉：『燎沈香，消溽暑。鳥雀呼晴，侵曉窺簷語。葉上初陽乾宿雨。水面清圓，一一風荷舉。故鄉遙，何日去？家住吳門，久作長安旅。五月漁郎相憶否？小楫輕舟，夢入芙蓉浦。』（**據《清真集》卷上**）

❷姜夔〈念奴嬌〉（**予客武陵，湖北憲治在焉。古城野水，喬木參天。予與二三友日蕩舟其間，薄荷花而飲。意象幽閒，不類人境。秋水且涸，荷葉出地尋丈。因列坐其下，上不見日。清風徐來，綠雲自動。間於疏處窺見游人畫船，亦一樂也。朅來吳興，數得相羊荷花中。又夜泛西湖，光景奇絕。故以此句寫之。**）：『鬧紅一舸，記來時，嘗與鴛鴦為侶。三十六陂人未到，水佩風裳無數。翠葉吹涼，玉容銷酒，更灑菰蒲雨。嫣然搖動，冷香飛上詩句。 日暮。青蓋亭亭，情人不見，爭忍凌波去。只恐舞衣寒易落，愁入西風南浦。高柳垂陰，老魚吹浪，留我花間住。田田多少？幾回沙際歸路。』（**據《彊**

村叢書》本《白石道人歌曲》卷四）

又〈惜紅衣〉（吳興號水晶宮，荷花盛麗。陳簡齋云：『今年何以報君恩？一路荷花，相送到青墩。』亦可見矣。丁未之夏，予游千巖，數往來紅香中。自度此曲，以無射宮歌之。）：『簟枕邀涼，琴書換日，睡餘無力。細灑冰泉，并刀破甘碧。牆頭喚酒，誰問訊城南詩客？岑寂。高柳晚蟬，說西風消息。　虹梁水陌，魚浪吹香，紅衣半狼藉。維舟試望故國，眇天北。可惜渚邊沙外，不共美人游歷。問甚時同賦，三十六陂秋色？』（據《白石道人歌曲》卷五）

三七

東坡〈水龍吟〉詠楊花❶，和均而似元唱。章質夫詞❷，原唱而似和均。才之不可強也如是！

❶蘇軾〈水龍吟〉（次韻章質夫楊花詞）：『似花還似非花，也無人、惜從教墜。拋家傍路，思量卻是，無情有思。縈損柔腸，困酣嬌眼，欲開還閉。夢隨風萬里，尋郎去處，又還被、鶯呼起。　不恨此花飛盡，恨西園、落紅難綴。曉來雨過，遺蹤何在，一池萍碎。春色三分，二分塵土，一分流水。細看來不是楊花，點點是、離人淚。』（據龍沐勛《東坡樂府箋》卷二）

❷章楶〈水龍吟〉（楊花）：『燕忙鶯懶芳殘，正堤上、柳花飄墜。輕飛亂舞，點畫青林，全無才思。閒趁游絲，靜臨深院，日長門閉。傍珠簾散漫，垂垂欲下，依前被、風扶起。　蘭帳玉人睡覺，怪春衣、雪霑瓊綴。繡牀漸滿，香毬無數，才圓卻碎。時見蜂兒，仰黏輕粉，魚吞池水。望章臺路杳，金鞍游蕩，有盈盈淚。』（據四印齋本

《草堂詩餘》卷下）

三八

詠物之詞，自以東坡〈水龍吟〉為最工，邦卿〈雙雙燕〉❶次之。白石〈暗香〉、〈疏影〉❷，格調雖高，然無一語道著，視古人『江邊一樹垂垂發』❸等句何如耶？

❶史達祖〈雙雙燕〉（詠燕）：『過春社了，度簾幕中間，去年塵冷。差池欲住，試入舊巢相並。還相雕梁藻井，又軟語、商量不定。飄然快拂花梢，翠尾分開紅影。　芳徑，芹泥雨潤。愛貼地爭飛，競誇輕俊。紅樓歸晚，看足柳昏花暝，應自棲香正穩。便忘了、天涯芳信。愁損翠黛雙蛾，日日畫欄獨憑。』（據四印齋本《梅溪詞》）

❷姜夔〈暗香〉（**辛亥之冬，予載雪詣石湖。止既月，授簡索句，且徵新聲。作此兩曲。石湖把玩不已，使工妓隸習之，音節諧婉。乃名之曰「暗香」、「疏影」。**）：『舊時月色，算幾番照我。梅邊吹笛，喚起玉人，不管清寒與攀摘。何遜而今漸老，都忘卻、春風詞筆。但怪得、竹外疏花，香冷入瑤席。　江國，正寂寂。歎寄與路遙，夜雪初積。翠尊易泣，紅萼無言耿相憶。長記曾攜手處，千樹壓、西湖寒碧。又片片、吹盡也，幾時見得？』（據《白石道人歌曲》卷五。下同）

又〈疏影〉：『苔枝綴玉，有翠禽小小，枝上同宿。客裏相逢，籬角黃昏，無言自倚修竹。昭君不慣胡沙遠，但暗憶、江南江北。想佩環、月夜歸來，化作此花幽獨。　猶記深宮舊事，那人正睡裏，飛近蛾綠。莫似春風，不管盈盈，早與安排金屋。還教一片隨波去，又卻怨、玉龍哀曲。等恁時、重覓幽香，已入小窗橫幅。』

❸杜甫〈和裴迪登蜀州東亭送客逢早梅相憶見寄〉：『東閣官梅動詩興，還如何遜在揚州。此時對雪遙相憶，送客逢春可自由。幸不折來傷歲暮，若為看去亂鄉愁。江邊一樹垂垂發，朝夕催人自白頭。』（據《杜詩詳注》卷九）

三九

白石寫景之作，如『二十四橋仍在，波心蕩、冷月無聲。』❶『數峰清苦，商略黃昏雨。』❷『高樹晚蟬，說西風消息。』❸雖格韻高絕，然如霧裏看花，終隔一層。梅溪、夢窗諸家寫景之病，皆在一『隔』字。北宋風流，渡江遂絕。抑真有運會存乎其間耶？

❶姜夔〈揚州慢〉（淳熙丙申至日，予過維揚。夜雪初霽，薺麥彌望。入其城，則四顧蕭條，寒水自碧。暮色漸起，戍角悲吟。予懷愴然，感慨今昔，因自度此曲。千巖老人以為有黍離之悲也。）：『淮左名都，竹西佳處，解鞍少駐初程。過春風十里，盡薺麥青青。自胡馬、窺江去後，廢池喬木，猶厭言兵。漸黃昏清角，吹寒都、在空城。杜郎俊賞，算而今、重到須驚。縱豆蔻詞工，青樓夢好，難賦深情。二十四橋仍在，波心蕩、冷月無聲。念橋邊紅藥，年年知、為誰生？』（據《白石道人歌曲》卷五）

❷姜夔〈點絳脣〉（丁未冬過吳松作）：『燕雁無心，太湖西畔隨雲去。數峰清苦，商略黃昏雨。　第四橋邊，擬共天隨住。今何許？憑欄懷古，殘柳參差舞。』（據《白石道人歌曲》卷三）

❸姜夔〈惜紅衣〉詞，已見第36則注❷。『高柳』，汲古閣本、四印齋本、榆園本均作『高樹』。觀堂所引本此。
（按：《花庵詞選》亦作『高樹』。）

四〇

問『隔』與『不隔』之別。曰：陶、謝之詩不隔，延年則稍隔矣。東坡之詩不隔，山谷則稍隔矣。『池塘生春草』、『空梁落燕泥』❷等二句，妙處唯在不隔。詞亦如是。即以一人一詞論。如歐陽公〈少年游〉（詠春草）上半闋云：『闌干十二獨憑春，晴碧遠連雲。千里萬里，二月三月（此兩句原倒置），行色苦愁人。』語語都在目前，便是不隔。至云：『謝家池上，江淹浦畔。』❸則隔矣。白石《翠樓吟》：『此地，宜有詞仙，擁素雲黃鶴，與君游戲。玉梯凝望久，歎芳草、萋萋千里。』便是不隔。至『酒祓清愁，花消英氣。』❹則隔矣。然南宋詞雖不隔處，比之前人，自有淺深厚薄之別。

❶謝靈運〈登池上樓〉：『潛虯媚幽姿，飛鴻響遠音。薄霄愧雲浮，棲川怍淵沈。進德智所拙，退耕力不任。徇祿反窮海，臥痾對空林。衾枕昧節候，褰開暫窺臨。傾耳聆波瀾，舉目眺嶇嶔。初景革緒風，新陽改故陰。池塘生春草，園柳變鳴禽。祁祁傷豳歌，萋萋感楚吟。索居易永久，離群難處心。持操豈獨古，無悶徵在今。』（據胡刻《文選》卷二十二）

❷薛道衡〈昔昔鹽〉：『垂柳覆金堤，蘼蕪葉復齊。水溢芙蓉沼，花飛桃李蹊。采桑秦氏女，織錦竇家妻。關山別蕩子，風月守空閨。恒斂千金笑，長垂雙玉啼。盤龍隨鏡隱，彩鳳逐帷低。飛魂同夜鵲，倦寢憶晨雞。暗牖懸蛛網，空梁落燕泥。前年過代北，今歲往遼西。一去無消息，那能惜馬蹄。』（據《四部叢刊》本《樂府詩集》第七十九

卷〕

❸歐陽修〈少年游〉詞，已見第23則注❸。

❹姜夔〈翠樓吟〉（淳熙丙午冬，武昌安遠樓成，與劉去非諸友落之，度曲見志。予去武昌十年，故人有泊舟鸚鵡洲者，聞小姬歌此詞。問之，頗能道其事。還吳，為予言之。興懷昔遊，且傷今之離索也。）：『月冷龍沙，塵清虎落，今年漢酺初賜。新翻胡部曲，聽氈幕、元戎歌吹。層樓高峙，看檻曲縈紅，簷牙飛翠。人姝麗，粉香吹下，夜寒風細。　此地，宜有詞仙，擁素雲黃鶴，與君游戲。玉梯凝望久，歎芳草、萋萋千里。天涯情味，仗酒祓清愁，花銷英氣。西山外，晚來還卷，一簾秋霽。』（據《白石道人歌曲》卷六）

四一

『生年不滿百，常懷千歲憂。晝短苦夜長，何不秉燭遊？』❶『服食求神仙，多為藥所誤。不如飲美酒，被服紈與素。』❷寫情如此，方為不隔。『采菊東籬下，悠然見南山。山氣日夕佳，飛鳥相與還。』❸『天似穹廬，籠蓋四野。天蒼蒼，野茫茫，風吹草低見牛羊。』❹寫景如此，方為不隔。

❶《古詩十九首》第十五：『生年不滿百，常懷千歲憂。晝短苦夜長，何不秉燭遊？為樂當及時，何能待來茲。愚者愛惜費，但為後世嗤。仙人王子喬，難可與等期。』（據《文選》卷二十九）

❷《古詩十九首》第十三：『驅車上東門，遙望郭北墓。白楊何蕭蕭，松柏夾廣路。下有陳死人，杳杳即長暮。潛

寐黃泉下，千載永不寤。浩浩陰陽移，年命如朝露。人生忽如寄，壽無金石固。萬歲更相送，聖賢莫能度。服食求神仙，多為藥所誤。不如飲美酒，被服紈與素。』（據《文選》卷二十九）

❸ 陶潛〈飲酒詩〉，已見第3則注❸。

❹ 斛律金〈敕勒歌〉：『敕勒川，陰山下。天似穹廬，籠蓋四野。天蒼蒼，野茫茫，風吹草動見牛羊。』（據《樂府詩集》第八十六卷）

四二

古今詞人格調之高，無如白石。惜不於意境上用力，故覺無言外之味、絃外之響，終不能與於第一流之作者也。

四三

南宋詞人，白石有格而無情，劍南有氣而乏韻。其堪與北宋人頡頏者，唯一幼安耳。近人祖南宋而祧北宋，以南宋之詞可學，北宋不可學也。學南宋者，不祖白石，則祖夢窗，以白石、夢窗可學，幼安不可學也。學幼安者，率祖其粗獷、滑稽，以其粗獷、滑稽可學，佳處不可學也。幼安之佳處，在有性情、有境界。即以氣象論，亦有『橫素波、干青雲』❶之概，寧後世齷齪小生所可擬耶？

❶蕭統《陶淵明集》序：其文章『橫素波而傍流，干青雲而直上。』

四四

東坡之詞曠，稼軒之詞豪。無二人之胸襟而學其詞，猶東施之效捧心也。

四五

讀東坡、稼軒詞，須觀其雅量高致，有伯夷、柳下惠之風。白石雖似蟬蛻塵埃，然終不免局促轅下。

四六

蘇、辛，詞中之狂。白石猶不失為狷。若夢窗、梅溪、玉田、草窗、中（當作『西』，刪稿35則可證。）麓輩，面目不同，同歸於鄉愿而已。

四七

稼軒〈中秋飲酒達旦，用天問體作木蘭花慢❶以送月〉，曰：『可憐今夕月，向何處、去悠悠？是別有人間，那邊才見，光景東頭。』詞人想像，直悟月輪遶地之理，與科學家密合，可謂神悟。

❶ 辛棄疾〈木蘭花慢〉（中秋飲酒將旦，客謂：前人詩詞，有賦待月，無送月者。因用〈天問〉體賦。）：『可憐今夕月，向何處、去悠悠？是別有人間，那邊才見，光景東頭。是天外空汗漫，但長風、浩浩送中秋。飛鏡無根誰繫？姮娥不嫁誰留？　謂經海底問無由，恍惚使人愁。怕萬里長鯨，從橫觸破，玉殿瓊樓。蝦蟆故堪浴水，問云何、玉兔解沈浮？若道都齊無恙，云何漸漸如鉤？』（據《稼軒長短句》卷四）

四八

周介存謂：『梅溪詞中，喜用「偷」字，足以定其品格。』❶劉融齋謂：『周旨蕩而史意貪。』❷此二語令人解頤。

❶ 見周濟《介存齋論詞雜著》。

❷ 劉熙載《藝概》卷四《詞曲概》：『周美成律最精審，史邦卿句最警鍊。然未得為君子之詞者，周旨蕩而史意貪也。』

四九

介存謂：夢窗詞之佳者，如『水光雲影，搖蕩綠波；撫玩無極，追尋已遠。』余覽夢窗甲乙丙丁稿中，實無足當此者。有之，其『隔江人在雨聲中，晚風菰葉生秋怨』❶二語乎？

❶吳文英〈踏莎行〉：『潤玉籠綃，檀櫻倚扇，繡圈猶帶脂香淺。榴心空疊舞裙紅，艾枝應壓愁鬟亂。　午夢千山，窗陰一箭，香瘢新褪紅絲腕。隔江人在雨聲中，晚風菰葉生秋怨。』（據《彊村叢書》本《夢窗詞集補》）

五〇

夢窗之詞，吾得取其詞中之一語以評之，曰：『映夢窗凌（當作『零』）亂碧。』❶玉田之詞，余得取其詞中之一語以評之，曰：『玉老田荒。』❷

❶吳文英〈秋思〉（荷塘為括蒼名姝求賦其聽雨小閣）：『堆枕香鬟側。驟夜聲，偏稱畫屏秋色。風碎串珠，潤侵歌板，愁壓眉窄。動羅箑清商，寸心低訴敘怨抑，映夢窗零亂碧。待漲綠春深，落花香汎，料有斷江流處，暗題相憶。　歡酌。檐花細滴。送故人，粉黛重飾。漏侵瓊瑟，丁東敲斷，弄晴月白。怕一曲霓裳未終，催去驂鳳翼。歎謝客猶未識。漫瘦卻東陽，鐙前無夢到得，路隔重雲雁北。』（據《彊村叢書》本《夢窗詞集》）

❷張炎〈祝英臺近〉（與周草窗話舊）：『水痕深，花信足，寂寞漢南樹。轉首青陰，芳事頓如許。不知多少消魂，夜來風雨。猶夢到，斷江流處。　最無據，長年息影空山，愁入庾郎句。玉老田荒，心事已遲暮。幾回聽得啼鵑，不如歸去。終不似，舊時鸚鵡。』（據《彊村叢書》本《山中白雲》卷二）

五一

『明月照積雪』❶、『大江流日夜』❷、『中天懸明月』❸、『黃（當作『長』）河落日圓』❹，此種境界，可謂千古壯觀。求之於詞，唯納蘭容若塞上之作，如〈長相思〉之『夜深千帳燈』，〈如夢令〉之『萬帳穹廬人醉，星影搖搖欲墜』❺差近之。

❶謝靈運〈歲暮〉：『殷憂不能寐，苦此夜難頹。明月照積雪，朔風勁且哀。運往無淹物，年逝覺已催。』（據百三名家集本謝康樂集卷二）

❷謝朓〈暫使下都夜發新林至京邑贈西府同僚〉：『大江流日夜，客心悲未央。徒念關山近，終知反路長。秋河曙耿耿，寒渚夜蒼蒼。引顧見京室，宮雉正相望。金波麗鳷鵲，玉繩低建章。驅車鼎門外，思見昭丘陽。馳暉不可接，何況隔兩鄉？風雲有鳥路，江漢限無梁。常恐鷹隼擊，時菊委嚴霜。寄言罻羅者，寥廓已高翔。』（據文選卷二十六）

❸杜甫〈後出塞〉，已見第8則注❷。

❹王維〈使至塞上〉：『單車欲問邊，屬國過居延。征蓬出漢塞，歸雁入胡天。大漠孤煙直，長河落日圓。蕭關逢候騎，都護在燕然。』（據《四部備要》本《王右丞集》卷九）

❺納蘭性德〈長相思〉：『山一程，水一程，身向榆關那畔行。夜深千帳燈。 風一更，雪一更，聒碎鄉心夢不成。故園無此聲。』（據《清名家詞》本《通志堂詞》）

又〈如夢令〉：『萬帳穹廬人醉，星影搖搖欲墜。歸夢隔狼河，又被河聲攪碎。還睡，還睡，解道醒來無味。』

（據《通志堂詞》集外詞）

五二

納蘭容若以自然之眼觀物，以自然之舌言情。此由初入中原，未染漢人風氣，故能真切如此。北宋以來，一人而已。

五三

陸放翁跋《花間集》，謂：『唐季五代，詩愈卑，而倚聲者輒簡古可愛。能此不能彼，未可（當作『易』）以理推也。』《提要》駁之，謂：『猶能舉七十斤者，舉百斤則蹶，舉五十斤則運掉自如。』❶其言甚辨。然謂詞必易於詩，余未敢信。善乎陳臥子之言曰：『宋人不知詩而強作詩，故終宋之世無詩。然其歡愉愁苦（當作『怨』）之致，動於中而不能抑者，類發於詩餘，故其所造獨工。』❷五代詞之所以獨勝，亦以此也。

❶《四庫提要》集部詞曲類一《花間集》：『後有陸游二跋……其二稱：「唐季五代，詩愈卑，而倚聲者輒簡古可愛。能此不能彼，未易以理推也。」不知文之體格有高卑，人之學力有強弱。學力不足副其體格，則舉之不足；學力足以副其體格，則舉之有餘。律詩降於古詩，故中晚唐古詩多不工，而律詩則時有佳作。詞又降於律詩，故

五季人詩不及唐，詞乃獨勝。此猶能舉七十斤者，舉百斤則蹶，舉五十斤則運掉自如，有何不可理推乎？』

❷陳子龍《王介人詩餘序》：『宋人不知詩而強作詩。其為詩也，言理而不言情，故終宋之世無詩焉。然宋人亦不免於有情也。故凡其歡愉愁怨之致，動於中而不能抑者，類發於詩餘。故其所造獨工，非後世可及。蓋以沈至之思而出之必淺近，使讀之者驟遇如在耳目之表，久誦而得沈永之趣，則用意難也。以儇利之詞，而製之實工鍊，使篇無累句，句無累字，圓潤明密，言如貫珠，則鑄詞難也。其為體也纖弱，所謂明珠翠羽，尚嫌其重，何況龍鸞？必有鮮妍之姿，而不藉粉澤，則設色難也。其為境也婉媚，雖以警露取妍，實貴含蓄，有餘不盡，時在低徊唱歎之際，則命篇難也。惟宋人專力事之，篇什既多，觸景皆會，天機所啟，若出自然。雖高談大雅，而亦覺其不可廢。何則？物有獨至，小道可觀也。』

五四

四言敝而有楚辭，楚辭敝而有五言，五言敝而有七言，古詩敝而有律絕，律絕敝而有詞。蓋文體通行既久，染指遂多，自成習套，豪傑之士亦難於其中自出新意，故遁而作他體，以自解脫。一切文體所以始盛終衰者，皆由於此。故謂文學後不如前，余未敢信。但就一體論，則此說固無以易也。

五五

詩之《三百篇》、《十九首》，詞之五代、北宋，皆無題也。非無題也，詩詞中之意不能以題盡之也。自《花庵》、《草堂》每調立題，並古人無題之詞亦為之作題。如觀一幅佳山水，而即曰此某山某河，可乎？詩有題而詩亡，詞有題而詞亡。然中材之士，鮮能知此而自振拔者矣。

五六

大家之作，其言情也必沁人心脾，其寫景也必豁人耳目。其辭脫口而出，無矯揉妝束之態。以其所見者真，所知者深也。詩、詞皆然。持此以衡古今之作者，可無大誤矣。

五七

人能於詩詞中不為美、刺、投、贈之篇，不使隸事之句，不用粉飾之字，則於此道已過半矣。

五八

以〈長恨歌〉之壯采，而所隸之事，只『小玉雙成』四字，才有餘也。梅村歌行，則非隸事不辦❶。白、吳優劣，即於此見。不獨作詩為然，填詞家亦不可不知也。

❶白居易〈長恨歌〉有『轉教小玉報雙成』句為隸事。至吳偉業之〈圓圓曲〉，則入手即用『鼎湖』事，以下隸事句不勝指數。

五九

近體詩體製，以五、七言絕句為最尊，律詩次之，排律最下。蓋此體於寄興言情，兩無所當，殆有均之駢(ㄆㄧㄢˊ)體文耳。詞中小令如絕句，長調似律詩。若長調之〈百字令〉、〈沁園春〉等，則近於排律矣。

六〇

詩人對宇宙人生，須入乎其內，又須出乎其外。入乎其內，故能寫之；出乎其外，故能觀之。入乎其內，故有生氣；出乎其外，故有高致。美成能入而不出。白石以降，於此二事皆未夢見。

六一

詩人必有輕視外物之意，故能以奴僕命風、月。又必有重視外物之意，故能與花、鳥共憂樂。

六二

『昔為倡家女，今為蕩子婦。蕩子行不歸，空牀難獨守。』❶『何不策高足，先據要路津？無為久貧（當作『守窮』）賤，轗軻長苦辛。』❷可謂淫鄙之尤。然無視為淫詞、鄙詞者，以其真也。五代北宋之大詞人亦然。非無淫詞，讀之者但覺其親切動人；非無鄙詞，但覺其精力彌滿。可知淫詞與鄙詞之病，非淫與鄙之病，而游詞❸之病也。『豈不爾思，室是遠而。』而子曰：『未之思也，夫何遠之有？』❹惡其游也。

❶《古詩十九首》第二：『青青河畔草，鬱鬱園中柳。盈盈樓上女，皎皎當窗牖。娥娥紅粉妝，纖纖出素手。昔為倡家女，今為蕩子婦。蕩子行不歸，空牀難獨守。』（據《文選》卷二十九）

❷《古詩十九首》第四：『今日良宴會，歡樂難具陳。彈箏奮逸響，新聲妙入神。令德唱高言，識曲聽其真。齊心同所願，含意俱未申。人生寄一世，奄忽若飆塵。何不策高足，先據要路津？無為守窮賤，轗軻長苦辛。』（據《文選》卷二十九）

❸ 金應珪《詞選後序》：『規模物類，依託歌舞。哀樂不衷其性，慮歎無與乎情。連章累篇，義不出乎花鳥；感物指事，理不外乎酬應。雖既雅而不豔，斯有句而無章。是謂游詞。』

❹《論語・子罕》：『唐棣之華，偏其反而。豈不爾思，室是遠而。子曰：「未之思也，夫何遠之有？」』

六三

『枯藤、老樹、昏鴉，小橋、流水、平沙❶，古道、西風、瘦馬。夕陽西下，斷腸人在天涯。』此元人馬東籬〈天淨沙〉小令也。寥寥數語，深得唐人絕句妙境。有元一代詞家，皆不能辦此也。

❶ 按此曲見諸元刊本《樂府新聲》卷中、元刊本周德清《中原音韻定格》、明刊本蔣仲舒《堯山堂外紀》卷六十八、明刊本張祿《詞林摘豔》及《知不足齋叢書》本盛如梓《庶齋老學叢談》等書者，『平沙』均作『人家』，即觀堂《宋元戲曲考》所引亦同。惟《歷代詩餘》則作『平沙』。又『西風』作『凄風』，蓋欲避去複字耳。觀堂此處所引，殆即本《詩餘》也。

六四

白仁甫《秋夜梧桐雨》劇，沈雄悲壯，為元曲冠冕。然所作《天籟詞》，粗淺之甚，不足為稼軒奴隸。豈創者易工，而因者難巧歟？抑人各有能有不能也？讀者觀歐、秦之詩遠不如詞，足透此中消息。

宣統庚戌九月脫稿於京師定武城南寓廬

人間詞話·刪稿

一

白石之詞，余所最愛者，亦僅二語，曰：『淮南皓月冷千山，冥冥歸去無人管。』❶

❶ 姜夔〈踏莎行〉（自沔東來，丁未元日至金陵，江上感夢而作。）：『燕燕輕盈，鶯鶯嬌軟，分明又向華胥見。夜長爭得薄情知，春初早被相思染。　別後書辭，別時針線，離魂暗逐郎行遠。淮南皓月冷千山，冥冥歸去無人管。』

（據《白石道人歌曲》卷三）（按·此則原稿在前詩話第49則之後，故云：『亦僅二語。』）

二

雙聲、疊韻之論盛於六朝，唐人猶多用之。至宋以後，則漸不講，並不知二者為何物。乾嘉間，吾鄉周松靄先生（春）著《杜詩雙聲疊韻譜括略》，正千餘年之誤，可謂有功文苑者矣。其言曰：『兩字同母，謂之雙聲；兩字同韻，謂之疊韻。』余按·用今日各國文法通用之語表之，則兩字同一子音者，謂之雙聲。如《南史·羊元保傳》之『官家恨狹，更廣八分』，『官家更廣』四字，皆從k得聲。《洛陽伽藍記》之『獰奴慢罵』，『獰奴』二字，皆從n得聲，『慢罵』二字，皆從m得聲也。兩字同一母音者，謂之疊韻。如梁武帝『後牖有巧柳』，『後牖有』三字，雙聲而兼疊韻；『有巧柳』三字，其母音皆為

u。劉孝綽之『梁皇長康強』，『梁長強』三字，其母音皆為ian也。❶自李淑《詩苑》偽造沈約之說，以雙聲疊韻為詩中八病之二❷，後世詩家多廢而不講，亦不復用之於詞。余謂苟於詞之蕩漾處多用疊韻，促節處用雙聲，則其鏗鏘可頌，必有過於前人者。惜世之專講音律者尚未悟此也！**（按：此則在原稿內已刪去。）**

❶葛立方《韻語陽秋》卷四引陸龜蒙《詩序》：『疊韻起自梁武帝，云：「後牖有巧柳。」當時侍從之臣皆倡和。劉孝綽云：「梁王長康強。」沈休文云：「偏眠船舷邊。」庾肩吾云：「載碓每礙埭。」自後用此體作為小詩者多矣。』

❷周春《杜詩雙聲疊韻譜括略》七引李淑《詩苑》：『梁沈約云：詩病有八，七曰旁紐，八曰正紐。』（謂十字內兩字雙聲為『正紐』，若不共一字而有雙聲為『旁紐』。如『流六』為正紐，『流柳』為旁紐。）周春案：『正紐、旁紐，皆指雙聲而言。觀神珙之圖，自可悟入。若此注所云，則旁紐即疊韻矣。非。』

三

世人但知雙聲之不拘四聲，不知疊韻亦不拘平、上、去三聲。凡字之同母者，雖平仄有殊，皆疊韻也。**（按：原稿此則已刪去。今補。）**

四

詩至唐中葉以後，殆為羔雁之具矣。故五代北宋之詩，佳者絕少，而詞則為其極盛時代。即詩詞兼擅如永叔、少游者，詞勝於詩遠甚。以其寫之於詩者不若寫之於詞者之真也。至南宋以後，詞亦為羔雁之具，而詞亦替矣。（《文學小言》十三此下有『除稼軒一人外』六字注。）此亦文學升降之一關鍵也。

五

曾純甫中秋應制，作〈壺中天慢〉詞❶，自注云：『是夜，西興亦聞天樂。』謂宮中樂聲聞於隔岸也。毛子晉謂：『天神亦不以人廢言。』❷近馮夢華復辨其誣❸。不解『天樂』二字文義，殊笑人也！（按：曾覿此詞，原為《海野詞》所未載，殆毛晉據《武林舊事》卷七補錄。調名下小字注亦出自《武林舊事》，實非曾覿自注。）

❶ 曾覿〈壺中天慢〉（此進御月詞也。上皇大喜曰：『從來月詞，不曾用「金甌」事，可謂新奇。賜金束帶、紫番羅、水晶　。上亦賜寶盞。至一更五點還宮。是夜，西興亦聞天樂焉。』）：『素飆漾碧，看天衢穩送，一輪明月。翠水瀛壺人不到，比似世間秋別。玉手瑤笙，一時同色，小按霓裳疊。天津橋上，有人偷記新闋。當日誰幻銀橋？阿瞞兒戲，一笑成癡絕。肯信群仙高宴處，移下水晶宮闕。雲海塵清，山河影滿，卦冷吹香雪。何勞玉斧，金甌千古無缺。』（據汲

古閣本《海野詞》）

❷《宋六十名家詞》毛子晉跋《海野詞》：『進月詞，一夕西興，共聞天樂。豈天神亦不以人廢言耶？』

❸馮煦《宋六十一家詞選·例言》：『曾純甫賦近御月詞，其自記云：「是夜，西興亦聞天樂。」子晉遂謂天神亦不以人廢言。不知宋人每好自神其說。白石道人尚欲以巢湖風駛歸功於〈平調滿江紅〉，於海野何譏焉？』

六

北宋名家以方回為最次。其詞如歷下、新城之詩，非不華贍(ㄕㄢˋ)，惜少真味。

七

散文易學而難工，駢文難學而易工。近體詩易學而難工，古體詩難學而易工。小令易學而難工，長調難學而易工。

八

古詩云：『誰能思不歌？誰能飢不食？』❶詩詞者，物之不得其平而鳴者也。故歡愉之辭難工，愁苦之言易巧。

❶晉、宋、齊辭〈子夜歌〉：『誰能思不歌？誰能飢不食？日冥當戶倚，惆悵底不憶？』（據《樂府詩集》第四十四卷）

九

社會上之習慣，殺許多之善人。文學上之習慣，殺許多之天才。

一〇

昔人論詩詞，有景語、情語之別。不知一切景語皆情語也。（按：原稿此則已刪去。）

一一

詞家多以景寓情。其專作情語而絕妙者，如牛嶠之『甘（當作『須』）作一生拚，盡君今日歡。』❶顧夐之『換我心為你心，始知相憶深。』❷歐陽修之『衣帶漸寬終不悔，為伊消得人憔悴。』❸美成之『許多煩惱，只為當時，一餉留情。』❹此等詞求之古今人詞中，曾不多見。

❶牛嶠〈菩薩蠻〉：『玉爐冰簟鴛鴦錦，粉融香汗流山枕。簾外轆轤聲，斂眉含笑驚。　柳陰煙漠漠，低鬢蟬釵落。須作一生拚，盡君今日歡。』（據觀堂自輯本《牛給事詞》）

❷顧夐〈訴衷情〉：『永夜拋人何處去？絕來音。香閣掩，眉斂，月將沈。爭忍不相尋？怨孤衾。換我心為你心，始知相憶深。』（據觀堂自輯本《顧太尉詞》）

❸柳永〈鳳棲梧〉詞，已見詞話27注❶。此詞又誤入《歐陽文忠公近體樂府》及《醉翁琴趣外編》（俱雙照樓景宋本）。惟汲古閣本《六一詞》則已刪去。（按，參閱後面第42則。）

❹周邦彥〈慶宮春〉：『雲接平岡，山圍寒野，路回漸轉孤城。衰柳啼鴉，驚風驅雁，動人一片秋聲。倦途休駕，澹煙裏，微茫見星。塵埃顦顇，生怕黃昏，離思牽縈。　華堂舊日逢迎，花豔參差，香霧飄零。絃管當頭，偏憐嬌鳳，夜深簧暖笙清。眼波傳意，恨密約匆匆未成。許多煩惱，只為當時，一餉留情。』（據《清真集》卷下）

一二

詞之為體，要眇宜修。能言詩之所不能言，而不能盡言詩之所能言。詩之境闊，詞之言長。

一三

言氣質，言神韻，不如言境界。有境界，本也。氣質、神韻，末也。有境界而二者隨之矣。

一四

『西（當作『秋』）風吹渭水，落日（當作『葉』）滿長安。』❶美成以之入詞❷，白仁甫以之入曲❸，此借古人之境界為我之境界者也。然非自有境界，古人亦不為我用。

❶賈島〈憶江上吳處士〉：『閩國揚帆去，蟾蜍虧復圓。秋風吹渭水，落葉滿長安。此夜聚會夕，當時雷雨寒。蘭橈殊未返，消息海雲端。』（據《畿輔叢書》本《長江集》卷五）

❷周邦彥〈齊天樂〉（秋思）：『綠蕪彫盡臺城路，殊鄉又逢秋晚。暮雨生寒，鳴蛩勸織，深閣時聞裁翦。雲窗靜掩。歎重拂羅裀，頓疏花簟。尚有練囊，露螢清夜照書卷。　荊江留滯最久。故人相望處，離思何限？渭水西風，長安亂葉，空憶詩情宛轉。憑高眺遠。正玉液新篘，蟹螯初薦。醉倒山翁，但愁斜照斂。』（據《清真集》卷下）

❸白樸〈雙調德勝樂〉（秋）：『玉露冷，蛩吟砌。聽落葉西風渭水。寒雁兒長空嘹唳，陶元亮醉在東籬。』（據《散曲叢刊》本《陽春白雪補集》）又《梧桐雨》雜劇第二折〈普天樂〉：『恨不窮，愁無限。爭奈倉卒之際，避不得驀嶺登山。鑾駕遷，成都盼。更那堪滻水西飛雁，一聲聲送上雕鞍。傷心故園。西風渭水，落日長安。』（據《元明雜劇》本）

一五

長調自以周、柳、蘇、辛為最工。美成〈浪淘沙慢〉二詞❶，精壯頓挫，已開北曲之先聲。若屯田之〈八聲甘州〉❷，東坡之〈水調歌頭〉❸，則佇興之作，格高千古，不能以常調論也。

❶周邦彥〈浪淘沙慢〉：『晝陰重，霜凋岸草，霧隱城堞。南陌脂車待發，東門帳飲乍闋。正拂面，垂楊堪攬結。掩紅淚，玉手親折。念漢浦，離鴻去何許，經時信音絕。　情切，望中地遠天闊。向露冷風清，無人處，耿耿寒漏咽。嗟萬事難忘，惟是輕別。翠罇未竭，憑斷雲留取，西樓殘月。　羅帶光銷紋衾疊，連環解，舊香頓歇。怨歌永，瓊壺敲盡缺。恨春去，不與人期。弄夜色，空餘滿地梨花雪。』（據《清真集》卷上）

又一闋：『萬葉戰，秋聲露結，雁度砂磧。細草和煙尚綠，遙山向晚更碧。見隱隱雲邊新月白，映落照、簾幕千家，聽數聲，何處倚樓笛，裝點盡秋色。　脈脈，旅情暗自消釋。念珠玉，臨水猶悲感，何況天涯客？憶少年歌酒，當時蹤跡。歲華易老，衣帶寬，懊惱心腸終窄。　飛散後，風流人阻。藍橋約，悵恨路隔。馬蹄過，猶嘶舊巷陌。歎往事，一一堪傷，曠望極。凝思又把闌干拍。』（據《清真集‧補遺》）

❷柳永〈八聲甘州〉：『對瀟瀟暮雨灑江天，一番洗清秋。漸霜風淒慘，關河冷落，殘照當樓。是處紅衰翠減，苒苒物華休。惟有長江水，無語東流。　不忍登高臨遠，望故鄉渺邈，歸思難收。歎年來蹤跡，何事苦淹留。想佳人妝樓顒望，誤幾回，天際識歸舟。爭知我，倚闌干處，正恁凝愁。』（據《彊村叢書》本《樂章集》下卷）

❸蘇軾〈水調歌頭〉（**丙辰中秋，歡飲達旦，大醉。作此篇，兼懷子由。**）：『明月幾時有？把酒問青天。不知天上宮闕，今夕是何年？我欲乘風歸去，惟恐瓊樓玉宇，高處不勝寒。起舞弄清影，何似在人間。　轉朱閣，低綺戶，照無眠。不應有恨，何事長向別時圓？人有悲歡離合，月有陰晴圓缺，此事古難全。但願人長久，千里共嬋娟。』（據《東坡樂府箋》卷一）

一六

稼軒〈賀新郎詞・送茂嘉十二弟〉❶，章法絕妙，且語語有境界。此能品而幾於神者。然非有意為之，故後人不能學也。

❶辛棄疾〈賀新郎〉（別茂嘉十二弟）：『綠樹聽鵜鴃，更那堪鷓鴣聲住，杜鵑聲切！啼到春歸無尋處，苦恨芳菲都歇。算未抵人間離別。馬上琵琶關塞黑，更長門翠輦辭金闕。看燕燕，送歸妾。　將軍百戰身名烈。向河梁，回頭萬里，故人長絕。易水蕭蕭西風冷，滿座衣冠似雪。正壯士悲歌未徹。啼鳥還知如許恨，料不啼清淚長啼血。誰共我，醉明月？』（據《稼軒長短句》卷一）（按・元大德本，『身名烈』作『身名裂』，較是。）

一七

稼軒〈賀新郎〉詞：『柳暗凌波路。送春歸猛風暴雨，一番新綠。』❶又〈定風波〉詞：『從此酒酣明月夜，耳熱。』❷『綠』、『熱』二字，皆作上去用。與韓玉〈東浦詞〉、〈賀新郎〉❸以『玉』、『曲』叶『注』、『女』，〈卜算子〉❹以『夜』、『謝』叶『食』、『月』，（按『食』當作『節』。『食』在詞中既非韻，在詞韻中與『月』又非同部，想係筆誤。）已開北曲四聲通押之祖。

❶辛棄疾〈賀新郎〉：『柳暗凌波路。送春歸猛風暴雨，一番新綠。千里瀟湘葡萄漲，人解扁舟欲去。又檣燕留人

相語。艇子飛來生塵步，唾花寒、唱我新番句。波似箭，催鳴櫓。　黃陵祠下山無數。聽湘娥，泠泠曲罷，為誰情苦。行到東吳春已暮，正江闊潮平穩渡，望金雀觚稜翔舞。前度劉郎今重到，問玄都千樹花存否？愁為倩，么絃訴。』（據《稼軒長短句》卷二）

❷ 辛棄疾〈定風波〉（自和）：『金印纍纍佩陸離，河梁更賦斷腸詩。莫擁旌旗真箇去。何處？玉堂元自要論思。且約風流三學士，同醉。春風看試幾槍旗。從此酒酣明月夜，耳熱。那邊應是說儂時。』（據《稼軒長短句》卷八）

❸ 韓玉〈賀新郎〉（詠水仙）：『綽約人如玉，試新妝嬌黃半綠，漢宮勻注。倚傍小欄閒凝佇，翠帶風前似舞。記洛浦當年儔侶，羅襪塵生再冉冉。料征鴻微步凌波女，驚夢斷，楚江曲。　春工若見應為主，忍教都、閑亭笛館，冷風淒雨。待把此花都折取，和淚連杳寄與。須信道離情如許，煙水茫茫斜照裏。是騷人九辨招魂處，千古恨，與誰語？』（據汲古閣本東浦詞）

❹ 韓玉〈卜算子〉：『楊柳綠成陰，初過寒食節。門掩金鋪獨自眠，那更□寒夜。　強起立東風，慘慘梨花謝。何事王孫不早歸？寂寞秋千月。』（據《東浦詞》）（按：據汲古閣抄本《東浦詞》，上片第四句方空乃『逢』字。）

一八

譚復堂《篋中詞選》謂：『蔣鹿潭《水雲樓詞》與成容若、項蓮生，二（原作『三』。依《篋中詞》卷五改。）百年間，分鼎三足。』『然《水雲樓詞》小令頗有境界，長調惟存氣格，《憶雲詞》精實有餘，超逸不足，皆不足與容若比。然視皐文、止菴輩，則倜乎遠矣。

一九

詞家時代之說，盛於國初。竹垞謂：詞至北宋而大，至南宋而深❶。後此詞人，群奉其說。然其中亦非無具眼者。周保緒曰：『南宋下不犯北宋拙率之病，高不到北宋渾涵之詣。』又曰：『北宋詞多就景敘情，故珠圓玉潤，四照玲瓏。至稼軒、白石，一變而為即事敘景，使深者反淺，曲者反直。』❷潘四農（德輿）曰：『詞濫觴於唐，暢於五代，而意格之閎深曲摯，則莫盛於北宋。詞之有北宋，猶詩之有盛唐。至南宋則稍衰矣。』❸劉融齋（熙載）曰：『北宋詞用密亦疏、用隱亦亮、用沈亦快、用細亦闊、用精亦渾。南宋只是掉轉過來。』❹可知此事自有公論。雖止弇詞頗淺薄，潘、劉尤甚，然其推尊北宋，則與明季雲間諸公同一卓識也。

❶朱彝尊《詞綜發凡》：『世人言詞，必稱北宋。然詞至南宋始極其工，至宋季而始極其變。』

❷見周濟《介存齋論詞雜著》。

❸見潘德輿《養一齋集》卷二十二〈與葉生名灃書〉。

❹見劉熙載《藝概卷四・詞曲概》。

二〇

唐、五代、北宋之詞，可謂生香真色。若雲間諸公，則綵花耳。湘真且然，況其次也者乎。

二一

《衍波詞》之佳者，頗似賀方回。雖不及容若，要在浙中諸子（按：據原稿，『浙中諸子』四字作『錫鬯、其年』。）之上。

二二

近人詞如《復堂詞》之深婉，《彊村詞》之隱秀，皆在半塘老人上。彊村學夢窗而情味較夢窗反勝。蓋有臨川、廬陵之高華，而濟以白石之疎越者。學人之詞，斯為極則。然古人自然神妙處，尚未見及。

二三

宋直方（原作「尚木」，誤。案「徵輿」字「直方」，「尚木」乃「徵璧」字。因據改。）〈蝶戀花〉：『新樣羅衣渾棄卻，猶尋舊日春衫著。』❶譚復堂〈蝶戀花〉：『連理枝頭儂與汝，千花百草從渠許。』❷可謂寄興深微。

❶宋徵輿〈蝶戀花〉：『寶枕輕風秋夢薄。紅斂雙蛾，顛倒垂金雀。新樣羅衣渾棄卻，猶尋舊日春衫著。　偏是斷腸花不落。人苦傷心，鏡裏顏非昨。曾誤當初青女約，祇今霜夜思量著。』（據《半厂叢書》本《篋中詞今集》卷一）

❷譚獻〈蝶戀花〉：『帳裏迷離香似霧。不燼鑪灰，酒醒聞餘語。連理枝頭儂與汝，千花百草渠許。　蓮子青青心獨苦。一唱將離，日日風兼雨。豆蔻香殘楊柳暮，當時人面無尋處。』（據《半厂叢書》本《復堂詞》）

二四

《半唐丁稿》中和馮正中〈鵲踏枝〉十闋，乃《鶩翁詞》之最精者。『望遠愁多休縱目』等闋，鬱伊惝怳，令人不能為懷。定稿只存六闋，殊為未允也。

❷王鵬運〈鵲踏枝〉（馮正中〈鵲踏枝〉十四闋，鬱伊惝怳，義兼比興，蒙耆誦焉。春日端居，依次屬和。就均成詞，無關寄託，而章句尤為淩雜。憶雲生云：「不為無益之事，何以遣有涯之生？」三復前言，我懷如揭矣。時光緒丙申三月二十八日。錄十）：「落蕊殘陽紅片片。懊恨比鄰，盡日流鶯轉。似雪楊花吹又散，東風無力將春限。　慵把香羅裁便面，換到輕衫，歡

意垂垂淺。襟上淚痕猶隱見，笛聲催按〈梁州遍〉。』其一。『斜日危闌凝竚久。問訊花枝，可是年時舊？濃睡朝朝如中酒，誰憐夢裡人消瘦。　香閣簾櫳煙閣柳。片霎氤氳，不信尋常有。休遣歌筵回舞袖，好懷珍重春三後。』其二。『譜到陽關聲欲裂。亭短亭長，楊柳那堪折。挑菜湔帬春事歇，帶羅羞指同心結。　千里孤光同皓月。畫家吹殘，風外還嗚咽。有限墜歡爭忍說，傷生第一生離別。』其三。『風蕩春雲羅樣薄。難得輕陰，芳事休閒卻。幾日啼鵑花又落，綠牋莫忘深深約。　老去吟情渾寂寞。細雨簷花，空憶燈前酌。隔院玉簫聲乍作，眼前何物供哀樂。』其四。『漫說目成心便許。無據楊花，風裏頻來去。悵望朱樓難寄語，傷春誰念司勳誤。　枉把游絲牽弱縷。幾片閒雲，迷卻相思路。錦帳珠簾歌舞處，舊歡新恨思量否？』其五。『晝日懨懨驚夜短。片霎歡娛，那惜千金換。燕睨鶯顰春不管，敢辭紘索為君斷。　隱隱輕雷聞隔岸。暮雨朝霞，咫尺迷銀漢。獨對舞衣思舊伴，龍山極目煙塵滿。』其六。『望遠愁多休縱目。步繞珍叢，看筍將成竹。曉露暗垂珠簏簌，芳林一帶如新浴。　簷外春山森碧玉。夢裏驂鸞，記過清湘曲。自定新紘移雁足，紘聲未抵歸心促。』其七。『誰遣春韶隨水去。醉倒芳尊，忘卻朝和暮。換盡大隄芳草路，倡條都是相思樹。　蠟燭有心燈解語。淚盡脣焦，此恨消沈否。坐對東風憐弱絮，萍飄後日知何處。』其八。『對酒肯教歡意盡。醉醒懨懨，無那忺春困。錦字雙行牋別恨，淚珠界破殘妝粉。　輕燕受風飛遠近。消息誰傳？盼斷烏衣信。曲几無憀閒自隱，鏡奩心事孤鸞鬢。』其九。『幾見花飛能上樹。難繫流光，枉費垂楊縷。箏雁斜飛排錦柱，只伊不解將春去。　漫詡心情黏地絮。容易飄颺，那不驚風雨。倚偏闌干誰與語？思量有恨無人處。』其十。（據原刻本《半唐丁稿．鶩翁集》）按今《半唐定稿．鶩翁集》中存〈鵲踏枝〉六闋，計刪第三、第六、第七、第九四闋。

二五

固哉，皋文之為詞也！飛卿〈菩薩蠻〉、永叔〈蝶戀花〉、子瞻〈卜算子〉，皆興到之作，有何命意？皆被皋文深文羅織。❶阮亭《花草蒙拾》謂：『坡公命宮磨蝎，生前為王珪、舒亶輩所苦，身後又硬受此差排。』❷由今觀之，受差排者，獨一坡公已耶？

❶溫庭筠〈菩薩蠻〉：『小山重疊金明滅，鬢雲欲度香顋雪。嬾起畫蛾眉，弄妝梳洗遲。　照花前後鏡，花面交相映。新貼繡羅襦，雙雙金鷓鴣。』（據《金荃》詞）張惠言《詞選》評：『此感士不遇也。篇法彷彿〈長門賦〉。「照花」四句，《離騷》初服之意。』

歐陽修〈蝶戀花〉，即馮延巳之〈鵲踏枝〉。（已見詞話第3則注❶）據唐圭璋先生考證，此詞為馮作。後亦收於歐陽集中，實誤。《詞選》評：『庭院深深，閨中既以邃遠也。樓高不見，哲王又不寤也。章臺游冶，小人之徑。雨橫風狂，政令暴急也。亂紅飛去，斥逐者非一人而已。殆為韓、范作乎？』

蘇軾〈卜算子〉（黃州定慧院寓居作）：『缺月挂疏桐，漏斷人初靜。誰見幽人獨往來？縹緲孤鴻影。　驚起卻回頭，有恨無人省。揀盡寒枝不肯棲，寂寞沙洲令。』（據《東波樂府箋》卷二）《詞選》評：『此東坡在黃州作。鮦陽居士云：缺月，刺明微也。漏斷，暗時也。幽人，不得志也。獨往來，無助也。驚鴻，賢人不安也。回頭，愛君不忘也。無人省，君不察也。揀盡寒枝不肯棲，不偷安於高位也。寂寞沙洲冷，非所安也。此詞與〈考槃〉詩極相似。』（按・鮦陽居士語見《唐宋諸賢絕妙詞選》卷二。）

❷王士禎《花草蒙拾》：『僕嘗戲謂：坡公命宮磨蝎，湖州詩案，生前為王珪、舒亶輩所苦，身後又硬受此差排耶？』

二六

賀黃公謂：『姜論史詞，不稱其「軟語商量」，而賞（原作『稱』，依《詞筌》改）其「柳昏花暝」，固知不免項羽學兵法之恨。』❶然『柳昏花暝』自是歐、秦輩句法，前後有畫工、化工之殊。吾從白石，不能附和黃公矣。

❶賀黃公語，見賀裳《皺水軒詞筌》。姜論史詞，見《中興以來絕妙詞選》卷七所引。『軟語商量』、『柳昏花暝』，係史達祖〈雙雙燕〉（詠燕）句，已見詞話38則注❶。

二七

『池塘春草謝家春，萬古千秋五字新。傳語閉門陳正字，可憐無補費精神。』此遺山〈論詩絕句〉也。夢窗、玉田輩當不樂聞此語。

二八

朱子《清邃閣論詩》謂：『古人詩中（原無「詩中」兩字，依《朱子大全》增。）有句，今人詩更無句，只是一直說將去。這般詩（原無「詩」字），一日作百首也得。』余謂北宋之詞有句，南宋以後便無句。如玉田、草窗之詞，所謂『一日作百首也得』者也。

二九

朱子謂：『梅聖俞詩不是平淡，乃是枯槁。』❶余謂草窗、玉田之詞亦然。

❶朱子語見《清邃閣論詩》。

三〇

『自憐詩酒瘦，難應接，許多春色。』❶『能幾番游？看花又是明年。』❷此等語亦算警句耶？乃值如許筆力！

❶史達祖〈喜遷鶯〉：『月波凝滴，望玉壺天近，了無塵隔。翠眼圈花，冰絲織練，黃道寶光相直。自憐詩酒瘦，難應接，許多春色。最無賴，是隨香趁燭，曾伴狂客。　蹤跡，謾記憶。老了杜郎，忍聽東風笛。柳院燈疏，梅廳雪在，誰與細傾春碧。舊情拘未定，猶自學，當年游歷。怕萬一，誤玉人夜寒簾隙。』（據《梅溪詞》）

❷張炎〈高陽臺〉（西湖春感）：『接葉巢鶯，平波卷絮，斷橋斜日歸船。能幾番游？看花又是明年。東風且伴薔薇住，到薔薇春已堪憐。更悽然，萬綠西冷，一抹荒煙。　當年燕子知何處？但苔深韋曲，草暗斜川。見說新愁，如今也到鷗邊。無心再續笙歌夢，掩重門、淺醉閒眠。莫開簾。怕見飛花，怕聽啼鵑。』（據《山中白雲》卷一）

三一

文文山詞，風骨甚高，亦有境界，遠在聖與、叔夏、公謹諸公之上。亦如明初誠意伯詞，非季迪、孟載諸人所敢望也。

三二

和凝〈長命女〉詞：『天欲曉。宮漏穿花聲繚繞，窗裏星光少。冷霞寒侵帳額，殘月光沈樹杪（ㄇㄧㄠˇ）。夢斷錦闈空悄悄，強起愁眉小。』此詞前半，不減夏英公〈喜遷鶯〉也❶。

❶夏竦〈喜遷鶯〉詞，見詞話第10則注❸。

三三

宋《李希聲詩話》曰：『唐（當作『古』）人作詩，正以風調高古為主。雖意遠語疏，皆為佳作。後人有切近的當、氣格凡下者，終使人可憎。』❶余謂北宋詞亦不妨疏遠。若梅溪以降，正所謂切近的當、氣格凡下者也。

❶見魏慶之《詩人玉屑》卷十引。

三四

自竹坨（ㄊㄨㄛˊ）痛貶《草堂詩餘》而推《絕妙好詞》❶，後人群附和之。不知草堂雖有褻諢之作，然佳詞恒得十之六七。《絕妙好詞》則除張、范、辛、劉諸家外，十之八九，皆極無聊賴之詞。古人云：小好小慚，大好大慚❷。洵非虛語。（按：『古人云』以下共十五字，原稿已改作：『**甚矣，人之貴耳賤目也！**』）

❶朱彝尊書《絕妙好詞》後：『詞人之作，自《草堂詩餘》盛行，屏去《激楚》、《陽阿》，而《巴人》之唱齊進矣。周公謹《絕妙好詞》選本雖未盡醇，然中多俊語。方諸草堂所錄，雅俗殊分。』

❷韓愈《與馮宿論文書》：『時時應事，作俗下文字，下筆令人慚。及示人，則以為好。小慚者亦蒙謂之小好，大慚者即必以為大好矣。』

三五

梅溪、夢窗、玉田、草窗、西麓諸家，詞雖不同，然同失之膚淺。雖時代使然，亦其才分有限也。近人棄周鼎而寶康瓠（ㄏㄨˋ），實難索解。

三六

余友沈昕（ㄒㄧㄣ）伯（紘）自巴黎寄余〈蝶戀花〉一闋云：『簾外東風隨燕到。春色東來，循我來時道。一霎圍場生綠草，歸遲卻怨春來早。　錦繡一城春水繞。庭院笙歌，行樂多年少。著意來開孤客抱，不知名字閒花鳥。』此詞當在晏氏父子間，南宋人不能道也。

三七

『君王枉把平陳業，換得雷塘數畝田。』❶政治家之言也。『長陵亦是閒丘壠，異日誰知與仲多？』❷詩人之言也。政治家之眼，寓於一人一事。詩人之眼，則通古今而觀之。詞人觀物，須用詩人之眼，不可用政治家之眼。故感事、懷古等作，當與壽詞同為詞家所禁也。

❶羅隱〈煬帝陵〉：『入郭登橋出郭船，紅樓日日柳年年。君王忍把平陳業，只換雷塘數畝田。』（據《四部叢刊》本《甲乙集》卷二）

❷唐彥謙〈仲山〉（高祖兄仲山隱居之所）：『千載遺蹤寄薜蘿，沛中鄉里漢山河。長陵亦是閒丘壠，異日誰知與仲多？』（據《長風閣叢書》本《鹿門集拾遺》）

三八

宋人小說，多不足信。如《雪舟脞語》謂：台州知府唐仲友眷官伎嚴蕊奴，朱晦庵繫治之。及晦庵移去，提刑岳霖行部至台，蕊乞自便。岳問曰：去將安歸？蕊賦〈卜算子〉詞云：『住也如何住』云云❶。案此詞係仲友戚高宣教作，使蕊歌以侑觴者，見朱子《糾唐仲友奏牘》❷。則《齊東野語》所紀朱、唐公案❸，恐亦未可信也。

❶ 陶宗儀《說郛》卷五十七引《雪舟脞語》：『唐悅齋仲友，字與正，知台州。朱晦庵為浙東提舉，數不相得，至於互申。壽皇問宰執二人曲直。對曰：秀才爭閒氣耳。悅齋眷官妓嚴蕊奴，晦庵捕送囹圄。提刑岳商卿霖行部疏決，蕊奴乞自便。憲使問，去將安歸？蕊奴賦〈卜算子〉，末云：「住也如何住，去也終須去。若得山花插滿頭，莫問奴歸處。」憲笑而釋之。』

❷ 朱熹《朱子大全》卷十九〈按唐仲友第四狀〉：『五月十六日筵會，仲友親戚高宣教撰曲一首，名「卜算子」。後一段云：「去又如何去，住又如何住。但得山花插滿頭，休問奴歸處。」』

❸ 周密《齊東野語》卷十七〈朱唐交奏本末〉：『朱晦庵按唐仲友事，或云呂伯恭嘗與仲友同書會有隙，朱主呂，故抑唐。是不然也。蓋唐平時恃才輕晦庵，而陳同父頗為朱所進，與唐每不相下。同父游台，嘗狎籍妓，囑唐為脫籍，許之。偶郡集，唐語妓云：「汝果欲從陳官人邪？」妓謝。唐云：「汝須能忍飢受凍乃可。」妓聞，大恚。自是陳至妓家，無復前之奉承矣。陳知為唐所賣，亟往見朱。朱問：「近日小唐云何？」答曰：「唐謂公尚

> 不識字，如何作監司？」朱銜之，遂以部內有冤獄，乞再巡按。既至台，適唐出迎少稽，朱益以陳言為信，立索郡印，付以次官。乃摭唐罪具奏，而唐亦作奏馳上。時唐鄉相王淮當軸。既進呈，上問王。王奏：「此秀才爭閒氣耳。」遂兩平其事。詳見周平園，王季海日記。而朱門諸賢所著《年譜道統錄》，乃以季海右唐而並斥之，非公論也。其說聞之陳伯玉式卿，蓋親得之婺之諸呂云。』

三九

〈滄浪〉❶、〈鳳兮〉❷二歌，已開《楚辭》體格。然《楚辭》之最工者，推屈原、宋玉，而後此之王褒、劉向之詞不與焉。五古之最工者，實推阮嗣宗、左太沖、郭景純、陶淵明，而前此曹、劉，後此陳子昂、李太白不與焉。詞之最工者，實推後主、正中、永叔、少游、美成，而後此南宋諸公不與焉。**（案：末句原稿作『前此溫、韋，後此姜、吳，皆不與焉。』）**

❶《孟子·離婁上》有〈孺子歌〉曰：『滄浪之水清兮，可以濯我纓。滄浪之水濁兮，可以濯我足。』

❷《論語·微子》：『楚狂接輿歌而過孔子曰：「鳳兮鳳兮，何德之衰？往者不可諫，來者猶可追。已而已而，今之從政者殆而！」』

四〇

唐、五代之詞，有句而無篇；南宋名家之詞，有篇而無句。有篇有句，唯李後主降宋後之作，及永叔、子瞻、少游、美成、稼軒數人而已。

四一

唐、五代、北宋之詞家，倡優也。南宋後之詞家，俗子也。二者其失相等。但詞人之詞，寧失之倡優，不失之俗子。以俗子之可厭較倡優為甚故也。

四二

〈蝶戀花〉『獨倚危樓』一闋，見《六一詞》，亦見《樂章集》。余謂：屯田輕薄子，只能道『奶奶蘭心蕙性』❶耳。**（原注：此等語固非歐公不能道也。）（按：以上二則，據原稿補。）**

❶柳永〈玉女搖仙佩〉：『飛瓊伴侶，偶別珠宮，味返神仙行綴。取次梳妝，尋常言語，有得許多姝麗。擬把名花比。恐旁人笑我，談何容易。細思算，奇葩豔卉，惟是深紅淺白而已。爭如這多情，占得人間，千嬌百媚。須信畫堂繡閣，皓月清風，忍把光陰輕棄。自古及今，才子佳人，少得當年雙美。且恁相偎倚。未消得憐我，多才多藝。願奶奶蘭心蕙性，枕前言下，表余深意。為盟誓，今生斷不孤鴛被。』**（據《樂章集》卷上）**

四三

讀《會真記》者，惡張生之薄倖，而恕其姦非。讀《水滸傳》者，恕宋江之橫暴，而責其深險。此人人之所同也。故豔詞可作，唯萬不可作儇薄語。龔定庵詩云：『偶賦凌雲偶倦飛，偶然閒慕遂初衣。偶逢錦瑟佳人問，便說尋春為汝歸。』❶其人之涼薄無行，躍然紙墨間。余輩讀者卿、伯可詞，亦有此感。視永叔、希文小詞何如耶？

❶ 此為龔自珍《己亥雜詩》三百十五首之一，見《定盦續集》。

四四

詞人之忠實，不獨對人事宜然；即對一草一木，亦須有忠實之意。否則所謂游詞也。

四五

讀《花間》、《尊前集》，令人回想徐陵《玉臺新詠》。讀《草堂詩餘》，令人回想韋穀《才調集》。讀朱竹垞《詞綜》，張皋文、董子遠（原誤作『晉卿』）《詞選》，令人回想沈德潛《三朝詩別裁集》。

四六

明季國初諸老之論詞，大似袁簡齋之論詩，其失也，纖小而輕薄。竹垞以降，論詞者大似沈歸愚，其失也，枯槁而庸陋。

四七

東坡之曠在神，白石之曠在貌。白石如王衍口不言阿堵物，而暗中為營三窟之計。此其所以可鄙也。

四八

『紛吾既有此內美兮，又重之以修能。』❶文字之事，於此二者，不能缺一。然詞乃抒情之作，故尤重內美。無內美而但有修能，則白石耳。

❶此二句出屈原《離騷》。

四九

詩人視一切外物，皆游戲之材料也。然其游戲，則以熱心為之。故詼諧與嚴重二性質，亦不可缺一也。（按：此二則通行本未載，從原稿補。）

人間詞話・附錄

一

蕙風詞小令似叔原，長調亦在清真、梅溪間，而沈痛過之。彊村雖富麗精工，猶遜其真摯也。天以百凶成就一詞人，果何為哉！

二

蕙風〈洞仙歌〉秋日游某氏園❶及〈蘇武慢〉寒夜聞角❷二闋，境似清真。集中他作，不能過之。

❶況周頤〈洞仙歌〉（秋日獨遊某氏園）：『一嚮閒緣借，便意行散緩，消愁聊且。有花迎徑曲，鳥呼林罅，秋光取次披圖畫。恣遠眺，登臨臺與榭，堪瀟灑。奈脈斷征鴻，幽恨翻縈惹。　忍把、鬢絲影裏，袖淚寒邊，露草煙蕪，付與杜牧狂吟，誤作少年游冶。殘蟬肯共傷心話。問幾見，斜陽疏柳挂？誰慰藉？到重陽，插菊攜萸事真假。酒更貰，更有約東籬下。怕蹉跎霜訊，夢沈人悄西風乍。』（據《惜陰堂叢書》本《蕙風詞》卷下）

❷況周頤〈蘇武慢〉（寒夜聞角）：『愁入雲遙，寒禁霜重，紅燭淚深人倦。情高轉抑，思往難回，淒咽不成清變。風際斷時，迢遞天街，但聞更點。枉教人回首，少年絲竹，玉容歌管。　憑作出、百緒淒涼，淒涼惟有，花冷月

閒庭院。珠簾繡幕，可有人聽？聽也可曾腸斷？除卻塞鴻，遮莫城烏，替人驚慣。料南枝明日，應減紅香一半。』（據《蕙風詞》卷上）

——以上，趙萬里錄自《蕙風琴趣》評語

三

彊村詞，余最賞其〈浣溪沙〉『獨鳥衝波去意閒』二闋❶，筆力峭拔，非他詞可能過之。

❶朱祖謀〈浣溪沙〉：『獨鳥衝波去意閒，瓌霞如赭水如牋。為誰無盡寫江天。 並舫風絃彈月上，當窗山髻挽雲還。獨經行地未荒寒。』其一。『翠阜紅厓夾岸迎，阻風滋味暫時生。水窗官燭淚縱橫。 禪悅新耽如有會，酒悲突起總無名。長川孤月向誰明？』其二。（據《彊村遺書》本《彊村語業》卷一）

四

蕙風《聽歌》諸作，自以〈滿路花〉為最佳❶。至《題香南雅集圖》諸詞❷，殊覺泛泛，無一言道著。

❶況周頤〈滿路花〉（彊村有聽歌之約，詞以堅之。）：『蟲邊安枕簟，雁外夢山河。不成雙淚落，為聞歌。浮生何益，儘意付消磨。見說寰中秀，曼睩修蛾。舊家風度無過。 鳳城絲管，回首惜銅駝。看花餘老眼，重摩挲。香塵人

海，唱徹〈定風波〉。點鬢霜如雨，未比愁多。問天還問嫦娥。』（梅郎蘭芳以《嫦娥奔月》一劇蜚聲日下。）（據《蕙風詞》卷下）

❷按《題香南雅集圖》諸詞，無從查考。據《蕙風詞史》，知《蕙風詞》卷下之〈戚氏〉屬之，因錄如下。〈戚氏〉（漚尹為畹華索賦此調，走筆應之。）：『佇飛鸞，蕚綠仙子綵雲端。影月娉婷，浣霞明豔，好誰看？華鬘。夢尋難。當歌掩淚十年閒。文園鬢雪如許，鏡裏長葆幾朱顏？縞袂重認，紅簾初卷，怕春暖也猶寒。乍維摩病榻，花雨催起，著意清歡。絲管，賺出嬋娟。珠翠照映，老眼太辛酸。春宵短。繫驄難穩，栩蝶須還。近尊前，暫許對影，香南笛語，偏寫烏闌。番（去）風漸急，省識將離，已忍目斷關山。（畹華將別去，道人先期作虎山之遊避之。）念我滄江晚。消何遜筆，舊恨吟邊。未解清平調苦，道苔枝，翠羽信纏緜。劇憐畫罨瑤臺，醉扶紙帳，爭遺愁千萬。算更無，月地雲階見。誰與訴，鶴守緣慳。甚素娥，暫缺能圓。更芳節，後約是今番。耐清寒慣，梅花賦也，好好紉蘭。』

——以上，趙萬里自《丙寅日記》所記觀堂論學語中摘出

五

（皇甫松）詞，黃叔暘稱其〈摘得新〉二首❶為有達觀之見❷。余謂不若〈憶江南〉二闋❸，情味深長，在樂天、夢得（補注）上也。

❶皇甫松〈摘得新〉：『酌一卮，須教玉笛吹。錦筵紅蠟燭，莫來遲。繁紅一夜經風雨，是空枝。』其一。『摘

得新，枝枝葉葉春。管絃兼美酒，最關人。平生都得幾十度，展香茵。』其二。（據觀堂自輯本《檀欒子詞》）

❷黃昇語見《歷代詩餘》卷一百十三引。（按：實出沈雄《古今詞話詞評》卷上。不知所本。）

❸皇甫松〈憶江南〉：『蘭燼落，屏上暗紅蕉。閒夢江南梅熟日，夜船吹笛雨瀟瀟。人語驛邊橋。』其一。『樓上寢，殘月下簾旌。夢見秣陵惆悵事，桃花柳絮滿江城。雙髻坐吹笙。』其二。（據《檀欒子詞》）

〔補注〕白居易〈憶江南〉三首，見宋本《白氏文集》卷三十四。劉禹錫二首，見宋本《劉夢得文集外集》卷四及宋本《樂府詩集卷》八十二。各錄一首於此：白居易詞：『江南好，風景舊曾諳。日出江花紅勝火，春來江水綠如藍。能不憶江南。』劉禹錫詞：『春去也，多謝洛城人。弱柳從風疑舉袂，叢蘭裛露似沾巾。獨坐亦含顰。』

六

端己詞情深語秀，雖規模不及後主、正中，要在飛卿之上。觀昔人顏、謝優劣論❶可知矣。

❶《南史．顏延之傳》：『延之嘗問鮑照，己與謝靈運優劣？照曰：「謝五言詩如初發芙蓉，自然可愛。君詩如鋪錦列繡，亦雕繢滿眼。」延之終身病之。』又鍾嶸《詩品》：『湯惠休曰：「謝詩如芙蓉出水，顏如錯采鏤金。」顏終身病之。』

七

（毛文錫）詞比牛、薛諸人，殊為不及。葉夢得謂：『文錫詞以質直為情致，殊不知流於率露。諸人評庸陋詞者，必曰：此仿毛文錫之〈贊成功〉❶而不及者。』（補注）其言是也。

❶毛文錫〈贊成功〉：『海棠未坼，萬點深紅。香包緘結一重重。似含羞態，邀勒春風。蜂來蝶去，任遶芳叢。昨夜微雨，飄灑庭中。忽聞聲滴井邊桐。美人驚起，坐聽晨鐘。快教折取，戴玉瓏璁。』（據觀堂自輯本《毛司徒詞》）

【補注】葉夢得語，見沈雄《古今詞話詞評》卷上。不知所從出。

八

（魏承班）詞遜於薛昭蘊、牛嶠，而高於毛文錫。然皆不如王衍。五代詞以帝王為最工，豈不以無意於求工歟。

九

（顧）敻詞在牛給事、毛司徒間。〈浣溪沙〉『春色迷人』一闋❶，亦見《陽春錄》；

與〈河傳〉、〈訴衷情〉數闋❷，當為敻最佳之作矣。

❶顧敻〈浣溪沙〉：『春色迷人恨正賒，可堪蕩子不還家。細風輕露著梨花。 簾外有情雙燕颺，檻前無力綠楊斜。小屏狂夢極天涯。』（據《顧太尉詞》）

❷顧敻〈河傳〉：『燕颺，晴景。小窗屏暖，鴛鴦交頸。菱花掩卻翠鬟欹，慵整。海棠簾外影。 繡幃香斷金鸂鶒。無消息，心事空相憶。倚東風，春正濃，愁紅。淚痕衣上重。』其一。『曲檻，春晚。碧流紋細，綠楊絲軟。露花鮮□杏枝繁，鶯囀。野蕪平似翦。 直是人間到天上，堪游賞。醉眼疑屏障，對池塘，惜韶光。斷腸，為花須盡狂。』其二。『棹舉，舟去。波光渺渺，不知何處。岸花汀草共依依。雨微，鷓鴣相逐飛。 天涯離恨江聲咽，啼猿切。此意向誰說。艤蘭橈，獨無憀。魂銷，小爐香欲焦。』其三。

又集中〈訴衷情〉凡兩闋，其一已見刪稿11則注❷。另一如下：『香滅簾垂春漏永，整鴛衾，羅帶重。雙鳳，縷黃金。窗外月光臨。□沈沈。□斷腸無處尋。□□負春心。』（據《顧太尉》詞）（按：《花間集》，此數首俱無空格，宜從。）

一〇

（毛熙震）周密《齊東野語》稱其詞新警而不為儇薄❶。余尤愛其〈後庭花〉❷。不獨意勝；即以調論，亦有雋上清越之致。視文錫，蔑如也。

❶周密語見《歷代詩餘》卷一百十三引，今傳各本均闕。（按：實出沈雄《古今詞話詞評》卷上，疑非周密語。沈雄書所引多

無稽。）

❷毛熙震〈後庭花〉：『鶯啼燕語芳菲節，瑞庭花發。昔時歡宴歌聲揭，管絃清越。　自從陵谷追遊歇，畫梁塵黦。傷心一片如珪月，閒鎖宮闕。』其一。『輕盈舞伎含芳豔，競妝新臉。步搖珠翠修蛾斂，膩鬟雲染。　歌聲慢發開檀點，繡衫斜掩。時將纖手勻紅臉，笑拈金靨。』其二。『越羅小袖新香蒨，薄籠金釧。倚欄無語搖金扇，半遮勻面。　春殘日暖鶯嬌懶，滿庭花片。爭不教人長相見，畫堂深院。』其三。（據觀堂自輯本《毛祕書詞》）

二

（閻選）詞唯〈臨江仙〉第二首❶有軒翥之意，餘尚未足與於作者也。

❶閻選〈臨江仙〉：『十二高峰天外寒，竹梢輕拂仙壇。寶衣行雨在雲端。畫簾深殿，香霧冷風殘。　欲問楚王何處去？翠屏猶掩金鸞。猿啼明月照空灘。孤舟行客，驚夢亦艱難。』（據觀堂自輯本《閻處士詞》）

三

昔沈文愨深賞（張）泌『綠楊花撲一溪煙』❶為晚唐名句❷。然其詞如『露濃香泛小庭花』❸，較前語似更幽豔。

❶張泌〈洞庭阻風〉：『空江浩蕩景蕭然，盡日菰蒲泊釣船。青草浪高三月渡，綠楊花撲一溪煙。情多莫舉傷春目，愁極兼無買酒錢。猶有漁人數家住，不成村落夕陽邊。』（據《全唐詩》卷二十七）

❷沈文愨語見《唐詩別裁》卷十六張蠙〈夏日題老將林亭〉一詩後評語。

❸張泌〈浣溪沙〉：『獨立寒階望月華，露濃香泛小庭花。繡屏愁背一燈斜。 雲雨自從分散後，人間無路到仙家。但憑魂夢訪天涯。』（據觀堂自輯本《張舍人詞》）

一三

（孫光憲詞）昔黃玉林賞其『一庭花（當作『疎』）雨溼春愁』❶為古今佳句❷。余以為不若『片帆煙際閃孤光』❸，尤有境界也。

❶孫光憲〈浣溪沙〉：『攬鏡無言淚欲流，凝情半日懶梳頭。一庭疎雨溼春愁。 楊柳只知傷怨別，杏花應信損嬌羞。淚沾魂斷軫離憂。』（據觀堂自輯本《孫中丞詞》）

❷黃昇語見《歷代詩餘》卷一百十三引。（按：亦出沈雄《古今詞話詞評》卷上。）

❸孫光憲〈浣溪沙〉：『蓼岸風多橘柚香，江邊一望楚天長。片帆煙際閃孤光。 目送征鴻飛杳杳，思隨流水去茫茫。蘭紅波碧憶瀟湘。』（據《孫中丞詞》）

——以上，錄自《唐五代二十一家詞輯》諸跋

一四

（周清真）先生於詩文無所不工，然尚未盡脫古人蹊逕。平生著述，自以樂府為第一。

詞人甲乙，宋人早有定論❶。惟張叔夏病其意趣不高遠❷。然北宋人如歐蘇秦黃，高則高矣，至精工博大，殊不逮先生。故以宋詞比唐詩，則東坡似太白，歐秦似摩詰，耆卿似樂天，方回、叔原則大曆十子之流。南宋惟一稼軒可比昌黎。而詞中老杜，則非先生不可。昔人以耆卿比少陵❸，猶為未當也。

❶陳振孫《直齋書錄解題》集部歌詞類《清真詞》二卷《續集》一卷，下云：『周美成邦彥撰，多用唐人詩語，櫽栝入律，渾然天成。長調尤善鋪敘，富豔精工，詞人之甲乙也。』

❷張炎《詞源》卷下：『美成詞只當看他渾成處，於軟媚中有氣魄。採唐詩融化如自己者，乃其所長。惜乎意趣卻不高遠。』

❸張瑞義《貴耳集》卷上，項平齋訓：『學詩當學杜詩，學詞當學柳詞。杜詩、柳詞皆無表德，只是實說。』

一五

（清真）先生之詞，陳直齋謂其多用唐人詩句櫽栝入律，渾然天成。張玉田謂其善於融化詩句。然此不過一端。不如強煥云：『模寫物態，曲盡其妙。』❶為知言也。

❶見汲古閣本《片玉詞》強煥題《周美成詞》。

一六

山谷云：『天下清景，不擇賢愚而與之。然吾特疑端為我輩設。』❶誠哉是言！抑豈獨清景而已。一切境界，無不為詩人設。世無詩人，即無此種境界。夫境界之呈於吾心而見於外物者，皆須臾之物。惟詩人能以此須臾之物，鐫諸不朽之文字，使讀者自得之，遂覺詩人之言，字字為我心中所欲言，而又非我之所能自言。此大詩人之祕妙也。境界有二：有詩人之境界，有常人之境界。詩人之境界，惟詩人能感之而能寫之；故讀其詩者，亦高舉遠慕，有遺世之意。而亦有得有不得，且得之者亦各有深淺焉。若夫悲歡離合、羈旅行役之感，常人皆能感之，而惟詩人能寫之。故其入於人者至深，而行於世也尤廣。（清真）先生之詞，屬於第二種為多。故宋時別本之多，他無與匹❷。又和者三家❸，注者二家❹。（強煥本亦有注，見毛跋）自士大夫以至婦人女子，莫不知有清真。而種種無稽之言亦由此以起❺。然非入人之深，烏能如是耶？

❶此數語見釋惠洪《冷齋夜話》卷三。

❷觀堂先生《清真先生遺事箸述二》：『案先生詞集，其古本則見於《景定嚴州續志》、《花庵詞選》者，曰《清真詩餘》。見於《詞源》者，曰《圈法美成詞》。見於《直齋書錄者》，曰《清真詞》，曰《曹杓注清真詞》。又與方千里、楊澤民和《清真詞》合刻者曰《三英集》。（見毛晉《方千里和清真詞跋》）子晉所藏《清真集》，其源亦出宋

本。加以溧水本，是宋時已有七本。別本之多，為古今詞家所未有。』

❸ 宋人之和清真全詞者有方千里《和清真詞》（汲古閣刻《宋六十名家詞》本）、楊澤民《和清真詞》（江標刻《宋元名家詞》本）及陳允平《西麓繼周集》（朱祖謀刻《彊村叢書》本）三家。

❹ 宋人注《清真詞》者，有曹杓、陳元龍兩家。曹注已逸。陳注即《彊村叢書》本《片玉集》。

❺ 宋人筆記之記清真軼事者甚多。若張端義《貴耳集》、周密《浩然齋雅談》、王明清《揮麈餘話》、王灼《碧雞漫志》等書均有，類多無稽之言。觀堂先生於《清真先生遺事事蹟一》中一一辨之，斥為好事者為之也。

一七

樓忠簡謂（清真）先生妙解音律❶。惟王晦叔《碧雞漫志》謂：『江南某氏者，解音律，時時度曲。周美成與有瓜葛，每得一解，即為製詞。故周集中多新聲。』❷則集中新曲非盡自度。然顧曲名堂，不能自已，固非不知音者。故先生之詞，文字之外，須兼味其音律。惟詞中所注宮調，不出教坊十八調之外。則其音非大晟樂府之新聲，而為隋唐以來之燕樂，固可知也。今其聲雖亡，讀其詞者，猶覺拗怒之中自饒和婉；曼聲促節，繁會相宣；清濁抑揚，轆轤交往。兩宋之間，一人而已。

❶ 樓鑰《清真先生文集序》：『公性好音律，如古之妙解，顧曲名堂，不能自已。』

❷ 見《碧雞漫志》卷第二。

——以上錄自《清真先生遺事尚論》三

一八

（《云謠集雜曲子》）〈天仙子〉詞❶特深峭隱秀，堪與飛卿、端己抗行。

❶在《云謠集雜曲子》內有〈天仙子〉二首。但觀堂先生寫此文時，猶僅見其一。惟不知為何首耳。茲將兩首一併錄之。『燕語啼時三月半，煙蘸柳條金綫亂。五陵原上有仙娥，攜歌扇。香爛漫，留住九華雲一片。　犀玉滿頭花滿面，負妾一雙偷淚眼。淚珠若得似珍珠，拈不散。知何限？串向紅絲應百萬。』其一。『燕語鶯啼驚覺夢，羞見鸞臺雙舞鳳。天仙別後信難通。無人問，花滿洞。休把同心千遍弄。　叵耐不知何處去？正是花開誰是主？滿樓明月應三更，無人語。淚如雨，便是思君腸斷處。』其二。（**按：觀堂後已見此二首。見集中此文自注。**）

——以上，錄自《觀堂集林·唐寫本云謠集雜曲子跋》

一九

（王）以凝詞句法精壯，如和虞彥恭寄錢遜升（**當作『叔』**）〈驀山溪〉一闋❶、重午登霞樓〈滿庭芳〉一闋❷、艤舟洪江步下〈浣溪沙〉一闋❸，絕無南宋浮豔虛薄之習。其他作亦多類是也。（**按：此則乃觀堂所錄阮元《四庫未收書目·王周士詞提要》，實非觀堂論詞之語。**）

❶王周士〈驀山溪〉（**和虞彥恭寄錢遜叔**）：『平山堂上，側琖[ㄓㄢˇ]歌南浦。醉望五州山，渺千里，銀濤東注。錢郎英遠，

滿腹貯精神。窺素壁，墨棲鴉，歷歷題詩處。 風裘雪帽，踏偏荊湘路。回首古揚州，沁天外，殘霞一縷。德星光次，何日照長沙。漁父曲，竹枝詞，萬古歌來暮。』（據《彊村叢書》本《王周士詞》）

❷王周士〈滿庭芳〉（重午登霞樓）：『千古黃州，雪堂奇勝，名與赤壁齊高。竹樓千字，筆勢壓江濤。笑問江頭皓月，應曾照、千古英豪。菖蒲酒，窊尊無恙，聊共訪臨皋。 陶陶。誰晤對？粲花吐論，宮錦紉袍。借銀濤雪浪，一洗塵勞。好在江山如畫，人易老、雙鬢難茠。昇平代，憑高望遠，當賦〈反離騷〉。』（據《王周士詞》）

❸王周士〈浣溪沙〉（艤舟洪江步下）：『起看船頭蜀錦張，沙汀紅葉舞斜陽。杖挐驚起睡鴛鴦。 木落羣山彫玉□，霜和冷月浸澄江。疏篷今夜夢瀟湘。』（據王周士詞）

——以上，錄自《觀堂別集·跋王周士詞》

二〇

有明一代，樂府道衰。〈寫情〉、〈扣舷〉，尚有宋元遺響。仁、宣以後，茲事幾絕。獨文愍（夏言）以魁碩之才，起而振之；豪壯典麗，與于湖、劍南為近。

——以上，錄自《觀堂外集·桂翁詞跋》

二一

王君靜安將刊其所為《人間詞》，詒書告余曰：『知我詞者莫如子，敘之亦莫如子宜。』余與君處十年矣。比年以來，君頗以詞自娛。余雖不能詞，然喜讀詞。每夜漏始下，一燈熒然，玩古人之作，未嘗不與君共。君成一闋，易一字，未嘗不以訊余。既而睽離，苟有所作，未嘗不郵以示余也。然則余於君之詞，又烏可以無言乎？夫自南宋以後，斯道之不振久矣！元明及國初諸老，非無警句也。然不免乎局促者，氣困於彫琢也。嘉、道以後之詞，非不諧美也。然無救於淺薄者，意竭於摹擬也。君之於詞，於五代喜李後主、馮正中，於北宋喜永叔、子瞻、少游、美成，於南宋除稼軒、白石外，所嗜蓋鮮矣。尤痛詆夢窗、玉田，謂夢窗砌字，玉田壘句，一彫琢，一敷衍，其病不同，而同歸於淺薄。六百年來，詞之不振，實自此始。其持論如此。及讀君自所為詞，則誠往復幽咽，動搖人心；快而沈，直而能曲；不屑屑於言詞之末，而名句間出，殆往往度越前人。至其言近而指遠，意決而辭婉，自永叔以後，殆未有工如君者也。君始為詞時，亦不自意其至此，而卒至此者，天也，非人之所能為也。若夫觀物之微，託興之深，則又君詩詞之特色。求之古代作者，罕有倫比。嗚呼！不勝古人，不足以與古人並，君其知之矣。世有疑余言者乎？則何不取古人之詞，與君詞比類而觀之也？光緒丙午三月，山陰樊志厚敘。

二三

去歲夏，王君靜安集其所為詞，得六十餘闋，名曰『人間詞甲稿』。余既敘而行之矣。今冬，復彙所作詞為『乙稿』，丏余為之敘。余其敢辭。乃稱曰：文學之事，其內足以攄己，而外足以感人者，意與境二者而已。上焉者意與境渾，其次或以境勝，或以意勝。苟缺其一，不足以言文學。原夫文學之所以有意境者，以其能觀也。出於觀我者，意餘於境。而出於觀物者，境多於意。然非物無以見我，而觀我之時，又自有我在。故二者常互相錯綜，能有所偏重，而不能有所偏廢也。文學之工不工，亦視其意境之有無與其深淺而已。自夫人不能觀古人之所觀，而徒學古人之所作，於是始有偽文學。學者便之，相尚以辭，相習以模擬，遂不復知意境之為何物，豈不悲哉！苟持此以觀古今人之詞，則其得失，可得而言焉。溫、韋之精豔，所以不如正中者，意境有深淺也。《珠玉》所以遜《六一》，《小山》所以愧《淮海》者，意境異也。美成晚出，始以辭采擅長，然終不失為北宋人之詞者，有意境也。南宋詞人之有意境者，唯一稼軒，然亦若不欲以意境勝。白石之詞，氣體雅健耳。至於意境，則去北宋人遠甚。及夢窗、玉田出，并不求諸氣體，而惟文字之是務，於是詞之道熄矣。自元迄明，益以不振。至於國朝，而納蘭侍衛以天賦之才，崛起於方興之族。其所為詞，悲涼頑豔，獨有得於意境之深，可謂豪傑之士，奮乎百世之下者矣。同時朱、陳，既非勁敵；後世項、蔣，尤難鼎足。至乾、嘉以降，審乎體格、韻律之閒者愈微，而意味之溢於字句之表者愈淺。豈非拘泥文字，而不求諸意境之失歟？抑觀我觀物之事自有天在，固難期諸流俗歟？余與靜安，均夙持此論。靜安之為詞，真能以意境勝。夫古今人詞之以意勝者，莫若歐陽公；以境勝者，莫若秦少游。至意境兩渾，則惟太白、後主、正中數人足以當之。靜安之詞，大抵意深於歐，而境次於秦。至其合作，如甲稿〈浣溪沙〉之『天末同雲』❶、〈蝶戀花〉之『昨夜夢中』❷，乙稿〈蝶戀花〉之『百尺朱樓』❸等闋，皆意境兩忘，物我一體，高蹈乎八荒之表，而抗心乎千秋之間，駸駸乎兩漢之疆域，廣於三代，貞觀之政治，隆於武德矣。方之侍衛，豈徒伯仲。此固君所得於天者獨深，抑豈非致力於意境之效也。至君詞之體裁，亦與五代、北宋為近。然君詞之所以為五代、北宋之詞者，以其有意境在。若以其體裁故，而至遽指為五代、北宋，此又君之不任受。固當與夢窗、玉田之徒，專事摹擬者，同類而笑之也。光緒三十三年十月，山陰樊志厚敘。**（按，此二序雖為觀堂手筆，而命意實出自樊氏。觀堂廢稿中曾引樊氏之語，而樊氏所賞諸詞，《觀堂集林》亦不盡入選，可證也。）**

❶〈浣谿沙〉：『天末同雲黯四垂，失行孤雁逆風飛。江湖寥落爾安歸？　陌上金丸看落羽，閨中素手試條醯。今宵歡宴勝平時。』

❷〈蝶戀花〉：『昨夜夢中多少恨，細馬香車，兩兩行相近。對面似憐人瘦損，眾中不惜搴帷問。　陌上輕雷聽隱轔。夢裏難從，覺後那堪訊？蠟淚窗前堆一寸，人間只有相思分。』

❸〈蝶戀花〉：『百尺朱樓臨大道，樓外輕雷，不問昏和曉。獨倚闌干人窈窕，閒中數盡行人小。　一霎車塵生樹杪。陌上樓頭，都向塵中老。薄晚西風吹雨到，明朝又是傷流潦。』

二三

歐公〈蝶戀花〉『面旋落花』云云❶，字字沈響，殊不可及。

❶歐陽修〈蝶戀花〉：『面旋落花風蕩漾，柳重煙深，雪絮飛來往。雨後輕寒猶未放，春愁酒病成惆悵。　枕畔屏山圍碧浪，翠被華燈，夜夜空相向。寂寞起來褰繡幌，月明正在梨花上。』（據《歐陽文忠公近體樂府》卷二）

——以上，陳乃乾錄自觀堂舊藏《六一詞》眉間批語

二四

《片玉詞》『良夜燈光簇如豆』❶一首，乃改山谷〈憶帝京〉詞❷為之者，似屯田最下之作，非美成所宜有也❸。

❶周邦彥〈青玉案〉：『良夜燈光簇如豆。占好事，今宵有。酒罷歌闌人散後。琵琶輕放，語聲低顫，滅燭來相就。　玉體偎人情何厚，輕惜輕憐轉唧嚠。雨散雲收眉兒皺，只愁彰露。那人知後，把我來僝僽。』（據《清真集．補遺》）

❷黃庭堅〈憶帝京〉（私情）：『銀燭生花如紅豆。占好事，而今有。人醉曲屏深，借寶瑟、輕招手。一陣白蘋風，故滅燭，教相就。　花帶雨冰肌香透。恨啼鳥轆轤聲曉，岸柳微涼吹殘酒。斷腸時至今依舊，鏡中消瘦。那人知後，怕夯你來僝僽。』（據《彊村叢書》本《山谷琴趣外編》卷之二）

❸楊易霖《周詞訂律補遺》上本詞後注云：『王靜安先生云：「此詞乃改山谷〈憶帝京〉詞為之者，決非美成作。」案：《綠窗新話》引《古今詞話》淮海〈御街行〉詞與美成此詞亦多相合，未知孰是。』似楊氏亦曾悉先生有此語，惟不知所見之處耳。（按：觀堂《清真先生遺事》云：『偽詞最多，強煥本所增，強半皆是。如《片玉詞》上〈青玉案〉「良夜燈光簇紅豆」一闋，乃改山谷〈憶帝京〉詞為之者，決非先生作。不獨〈送傅國華〉、〈寄李伯紀〉二首，歲月不合也。』楊氏所云本此。）

——以上，陳乃乾錄自觀堂舊藏《片玉詞》眉間批語

二五

溫飛卿〈菩薩蠻〉：『雨後卻斜陽，杏花零落香。』❶少游之『雨餘芳草斜陽，杏花零落（當作『亂』）燕泥香。』❷雖自此脫胎，而實有出藍之妙。

❶溫庭筠〈菩薩蠻〉：『南園滿地堆輕絮，愁聞一霎清明雨。雨後卻斜陽，杏花零落香。　無言勻睡臉，枕上屏山掩。時節欲黃昏，無聊獨閉門。』（據《金荃詞》）（按：末句，《花間集》作『無憀獨倚門』，宜從。）

❷秦觀〈畫堂春〉（或刻山谷年十六作）：『東風吹柳日初長，雨餘芳草斜陽。杏花零亂燕泥香，睡損紅妝。　寶篆煙消龍鳳，畫屏雲雪鎖瀟湘。夜寒微透薄羅裳，無限思量。』（宋本《淮海長短句》不載，據汲古閣刻本《淮海詞》。）（按：《花庵詞選》、《草堂詩餘》俱作『杏花零落燕泥香』，較毛本《淮海詞》為可據，觀堂所引非誤也。又其他文字亦多異同，亦較可據。）

二六

白石尚有骨，玉田則一乞人耳。

二七

美成詞多作態，故不是大家氣象。若同叔、永叔雖不作態，而一笑百媚生矣。此天才與人力之別也。

二八

周介存謂白石以詩法入詞，門徑淺狹，如孫過庭書，但便後人模仿。予謂近人所以崇拜玉田，亦由於此。

二九

予於詞，五代喜李後主、馮正中而不喜《花間》，宋喜同叔、永叔、子瞻、少游而不喜美成，南宋只愛稼軒一人，而最惡夢窗、玉田。介存《詞辨》所選詞，頗多不當人意，而其論詞則多獨到之語。始知天下固有具眼人，非予一人之私見也。

——以上，陳乃乾錄自觀堂舊藏《詞辨》眉間批語

況周頤〔撰〕

蕙風詞話・卷一

一

沈約《宋書》曰：『吳歌雜曲，始皆徒歌。既而被之絃管。又有因絃管金石作歌以被之。』按前一法即虞廷依永之遺，後一法當起於周末宋玉《對楚王問》。首言客有歌於郢中者，下云其為《陽阿》、《薤露》，其為《陽春》、《白雪》，皆曲名。是先有曲而後有歌也。填詞家自度曲，率意為長短句而後協之以律，此前一法也。前人本有此調，後人按腔填詞，此後一法也。沿流溯源，與休文之說相應。歌曲之作，若枝葉始敷；乃至於詞，則芳華益茂。詞之為道，智者之事；酌劑乎陰陽，陶寫乎性情；自有元音，上通雅樂；別黑白而定一尊，亙古今而不敝矣。唐宋已還，大雅鴻達，篤好而專精之，謂之『詞學』。獨造之詣，非有所附麗，若為駢枝也。曲士以『詩餘』名詞，豈通論哉？

二

詩餘之『餘』，作『贏餘』之『餘』解。唐人朝成一詩，夕付管絃，往往聲希節促，則加入和聲。凡和聲皆以實字填之，遂成為詞。詞之情文、節奏並皆有餘於詩，故曰『詩餘』。世俗之說，若以詞為詩之賸義，則誤解此『餘』字矣。

三

作詞有三要，曰重、拙、大。南渡諸賢不可及處在是。

四

重者，沈著之謂。在氣格，不在字句。

五

半塘云：『宋人拙處不可及，國初諸老拙處亦不可及。』

六

詞中求詞，不如詞外求詞。詞外求詞之道，一曰多讀書，二曰謹避俗。俗者，詞之賊也。

七

填詞要天資、要學力。平日之閱歷、目前之境界，亦與有關係。無詞境，即無詞心。矯揉而彊為之，非合作也。境之窮達，天也，無可如何者也。雅俗，人也，可擇而處者也。

八

詩筆固不宜直率，尤切忌刻意為曲折。以曲折藥直率，即已落下乘。昔賢樸厚醇至之作，由性情學養中出，何至蹈直率之失。若錯認真率為直率，則尤大不可耳。

九

詞能直，固大佳。顧所謂直，誠至不易。不能直，分也。當於無字處為曲折，切忌有字處為曲折。

一〇

詞中轉折宜圓。筆圓，下乘也。意圓，中乘也。神圓，上乘也。

一一

詞不嫌方。能圓，見學力。能方，見天分。但須一落筆圓，通首皆圓；一落筆方，通首皆方。圓中不見方，易。方中不見圓，難。

一二

詞過經意，其蔽也斧琢(ㄓㄨㄛˊ)。過不經意，其蔽也褦(ㄋㄞˋ)襶(ㄉㄞˋ)。不經意而經意，易。經意而不經意，難。

一三

『恰到好處，恰夠消息。毋不及，毋太過。』半塘老人論詞之言也。

一四

詞太做，嫌琢。太不做，嫌率。欲求恰如分際，此中消息，正復難言。但看夢窗何嘗琢，稼軒何嘗率，可以悟矣。

一五

真字是詞骨。情真、景真，所作為佳，且易脫稿。

一六

詞人愁而愈工。真正作手，不愁亦工，不俗故也。不俗之道，第一不纖。

一七

作詞最忌一『矜』字。『矜』之在跡者，吾庶幾免矣。其在神者，容猶在所難免。茲事未遽自足也。

一八

凡人學詞，功候有淺深。即淺亦非疵，功力未到而已。不安於淺而致飾焉，不恤顰眉、齲齒，楚楚作態，乃是大疵，最宜切忌。

一九

塡詞先求凝重。凝重中有神韻，去成就不遠矣。所謂『神韻』，即事外遠致也。即神韻未佳而過存之，其足為疵病者亦僅，蓋氣格較勝矣。若從輕倩入手，至於有神韻，亦自成就，特降於出自凝重者一格。若並無神韻而過存之，則不為疵病者亦僅矣。或中年以後，讀書多，學力日進，所作漸近凝重，猶不免時露輕倩本色，則凡輕倩處，即是傷格處，即為疵病矣。天分聰明人最宜學凝重一路，卻最易趨輕倩一路。苦於不自知，又無師友指導之耳。

二〇

詞學程式，先求妥帖、停勻，再求和雅、深（此『深』字只是『不淺』之謂。）秀，乃至精穩、沈著。精穩則能品矣。沈著更進於能品矣。精穩之『穩』與妥帖迥乎不同。沈著尤難於精穩。平昔求詞詞外，於性情得所養，於書卷觀其通。優而游之，饜而飫之，積而流焉。所謂滿心而發，肆口而成，擲地作金石聲矣。情真理足，筆力能包舉之。純任自然，不假錘鍊，則『沈著』二字之詮釋也。

二一

初學作詞，只能道第一義，後漸深入，意不晦，語不琢，始稱合作。至不求深而自深，信手拈來，令人神味俱厚。槼橅兩宋，庶乎近焉。

二二

寒酸語不可作，即愁苦之音亦以華貴出之。飲水詞人所以為重光後身也。

二三

填詞之難，造句要自然，又要未經前人說過。自唐五代已還，名作如林，那有天然好語，留待我輩驅遣。必欲得之，其道有二。曰性靈流露，曰書卷醞釀。性靈關天分，書卷關學力。學力果充，雖天分少遜，必有資深逢源之一日。書卷不負人也。中年以後，天分便不可恃。苟無學力，日見其衰退而已。江淹才盡，豈真夢中人索還囊錦耶？

二四

讀前人雅詞數百闋，令充積吾胸臆，先入而為主，吾性情為詞所陶冶，與無情世事，日背道而馳。其蔽也，不能諧俗，與物忤。自知受病之源，不能改也。

二五

讀詞之法，取前人名句意境絕佳者，將此意境締構於吾想望中。然後澄思渺慮，以吾身入乎其中而涵泳玩索之。吾性靈與相浹而俱化，乃真實為吾有而外物不能奪。三十年前，以此法為日課，養成不入時之性情，不逭恤也。

二六

人靜簾垂，鐙昏香直。窗外芙蓉殘葉颯颯作秋聲，與砌蟲相和答。據梧冥坐，湛懷息機。每一念起，輒設理想排遣之。乃至萬緣俱寂，吾心忽瑩然開朗如滿月，肌骨清涼，不知斯世何世也。斯時若有無端哀怨棖觸於萬不得已，即而察之，一切境象全失，唯有小窗虛幌、筆牀硯匣，一一在吾目前。此詞境也。三十年前，或月一至焉。今不可復得矣。

二七

吾聽風雨，吾覽江山，常覺風雨江山外有萬不得已者在。此萬不得已者，即詞心也。而能以吾言寫吾心，即吾詞也。此萬不得已者，由吾心醞釀而出，即吾詞之真也，非可彊為，亦無庸彊求。視吾心之醞釀何如耳。吾心為主，而書卷其輔也。書卷多，吾言尤易出耳。

二八

吾蒼茫獨立於寂寞無人之區，忽有匪夷所思之一念，自沈冥杳靄中來，吾於是乎有詞。洎吾詞成，則於頃者之一念若相屬若不相屬也。而此一念，方緜邈引演於吾詞之外，而吾詞不能殫陳，斯為不盡之妙。非有意為是不盡，如書家所云無垂不縮，無往不復也。

二九

問：填詞如何乃有風度？答：由養出，非由學出。問：如何乃為有養？答：自善葆吾本有之清氣始。問：清氣如何善葆？答：花中疏梅、文杏，亦復託根塵世，甚且斷井、頹垣，乃至摧殘為紅雨，猶香。

三〇

作詞至於成就，良非易言。即成就之中，亦猶有辨。其或絕少襟抱，無當高格，而又自滿足，不善變，不知門徑之非，何論堂奧？然而從事於斯，歷年多，功候到，成就其所成就，不得謂非專家。凡成就者，非必較優於未成就者。若納蘭容若，未成就者也，年齡限之矣。若厲太鴻，何止成就而已，且浙派之先河矣。

三一

吾詞中之意，唯恐人不知，於是乎句勒。夫其人必待吾句勒而後能知吾詞之意，即亦何妨任其不知矣。曩余詞成，於每句下注所用典。半塘輒曰：『無庸。』余曰：『奈人不知何？』半塘曰：『儻注矣，而人仍不知，又將奈何？矧填詞固以可解不可解，所謂煙水迷離之致，為無上乘耶。』

三二

作詞須知『暗』字訣。凡暗轉、暗接、暗提、暗頓，必須有大氣真力斡運其間，非時流小惠之筆能勝任也。駢體文亦有暗轉法，稍可通於詞。

三三

名手作詞，題中應有之義，不妨三數語說盡。自餘悉以發抒襟抱，所寄託往往委曲而難明。長言之不足，至乃零亂拉雜，胡天胡帝。其言中之意，讀者不能知，作者亦不蘄其知。以謂流於跌宕怪神、怨懟激發，而不可以為訓，則亦左徒之『騷』『些』云爾。夫使其所作大都眾所共知，無甚關係之言，寧非浪費楮墨耶？

三四

畏守律之難，輒自放於律外，或託前人不專家、未盡善之作以自解，此詞家大病也。守律誠至苦，然亦有至樂之一境。常有一詞作成，自己亦既愜心，似乎不必再改。唯據律細勘，僅有某某數字，於四聲未合，即姑置而過存之，亦孰為責備求全者。乃精益求精，不肯放鬆一字，循聲以求，忽然得至雋之字；或因一字改一句，因此句改彼句，忽然得絕警之句；此時曼聲微吟，拍案而起，其樂何如！雖剝珉出璞，選薏得珠，不逮也。彼窮於一字者，皆茍完茍美之一念誤之耳。

三五

上去聲字，近人往往誤讀。如『動靜』之『靜』，上聲，誤讀去聲。『暝色』之『暝』，去聲，誤讀上聲。作詞既守四聲，則於宋人用『靜』字者用上聲，用『暝』字者用去聲，斯為不誤矣。顧審之聲調，或反蹈聱牙盭喉之失。意者宋人亦誤讀誤用耶？遇此等處，唯有檢本人它詞及他人詞證之，庶幾決定所從。特非精擘宮律者之作，不足為據耳。

三六

宋人名作，於字之應用入聲者，間用上聲，用去聲者絕少。檢夢窗詞知之。

三七

入聲字於填詞最為適用。付之歌喉，上去不可通作，唯入聲可融入上去聲。凡句中去聲字能遵用去聲固佳，若誤用上聲，不如用入聲之為得也。上聲字亦然。入聲字用得好，尤覺峭勁娟雋。

三八

初學作詞，最宜聯句、和韻。始作，取辦而已，毋存藏拙嗜勝之見。久之，靈源日濬，機括日熟，名章俊語紛交，衡有進益於不自覺者矣。手生重理舊彈者亦然。離群索居，日對古人，研精覃思，寧無心得？未若取徑乎此之捷而適也。

三九

學填詞，先學讀詞。抑揚頓挫，心領神會。日久，胸次鬱勃，信手拈來，自然豐神諧鬯矣。

四〇

詞貴意多。一句之中，意亦忌複。如七字一句，上四是形容月，下三勿再說月。或另作推宕，或旁面襯托，或轉進一層，皆可。若帶寫它景，僅免犯複，尤為易易。

四一

佳詞作成，便不可改。但可改便是未佳。改詞之法，如一句之中有兩字未協，試改兩字。仍不愜意，便須換意，通改全句。牽連上下，常有改至四、五句者。不可守住元來句意，愈改愈滯也。

四二

改詞須知挪移法。常有一兩句語意未協，或嫌淺率，試將上下互易，便有韻致。或兩意縮成一意，再添一意，更顯厚。此等倚聲淺訣，若名手意筆兼到，愈平易，愈渾成，無庸臨時掉弄也。

四三

詞中對偶，實字不求甚工。草木可對禽蛩也，服用可對飲饌也。實勿對虛，生勿對熟，平舉字勿對側串字。深淺濃淡、大小重輕之間，務要侔色揣稱。昔賢未有不如是精整也。

四四

近人作詞，起處多用景語虛引，往往第二韻方約略到題。此非法也。起處不宜泛寫景，宜實不宜虛，便當籠罩全闋，它題便挪移不得。唐李程作〈日五色賦〉，首云：『德動天鑒，祥開日華。』雖篇幅較長於詞，亦以二句檃括之，尤有弁冕端凝氣象。此旨可通於詞矣。

四五

作詞不拘說何物事，但能句中有意即佳。意必己出，出之太易或太難，皆非妙造。難易之中，消息存焉矣。唯易之一境，由於情景真，書卷足，所謂『滿心而發，肆口而成』者，不在此例。

四六

作詠物、詠事詞，須先選韻。選韻未審，雖有絕佳之意、恰合之典，欲用而不能。用其不必用、不甚合者以就韻，乃至涉尖新、近牽彊、損風格，其弊與彊和人韻者同。

四七

詞用虛字叶韻最難。稍欠斟酌，非近滑，即近佻。憶二十歲時作〈綺羅香〉，過拍云：『東風吹盡柳緜矣。』端木子疇前輩（埰）見之，甚不謂然，申誡至再。余詞至今不復敢叶虛字。又如『賺』字、『偷』字之類，亦宜慎用，並易涉纖。『兒』字尤難用之至。（如『船兒』、『葉兒』、『風兒』、『月兒』云云。）此字天然近俚，用之得，如閨人口吻，即亦何當風格。乃至邨夫子口吻，不尤不可嚮邇耶？若於此等難用之字，筆健能扶之使豎，意精能鍊之使穩，庶極專家能事矣。斯境未易臻，仍以不用為是。

四八

兩宋人詞宜多讀、多看，潛心體會。某家某某等處，或當學，或不當學，默識吾心目中。尤必印證於良師友，庶收取精用閎之益。洎乎功力既深，漸近成就，自覗所作於宋詞近誰氏，取其全帙研貫而折衷之，如臨鏡然。一肌一容、宜淡宜濃，一經侔色揣稱，灼然於彼之所長、吾之所短安在，因而知變化之所當亟。善變化者，非必墨守一家之言。思游乎其中，精騖乎其外，得其助而不為所囿，斯為得之。當其致力之初，門徑誠不可誤。然必擇定一家，奉為金科玉律，亦步亦趨，不敢稍有逾越。填詞智者之事，而顧認筌執象若是乎？吾有吾之性情，吾有吾之襟抱，與夫聰明才力。欲得人之似，先失己之真，得其似矣，即已落斯人後，吾詞格不稍降乎？並世操觚之士，輒詢余以倚聲初步何者當學？此余無詞以對者也。

四九

情性少，勿學稼軒。非絕頂聰明，勿學夢窗。

五〇

唐五代詞並不易學，五代詞尤不必學。何也？五代詞人丁運會，遷流至極，燕酣成風，藻麗相尚。其所為詞，即能沈至，祇在詞中。豔而有骨，祇是豔骨。學之能造其域，未為斯道增重。矧徒得其似乎？其錚錚佼佼者，如李重光之性靈、韋端己之風度、馮正中之堂廡，豈操觚之士能方其萬一？自餘風雲月露之作，本自華而不實，吾復皮相求之，則嬴秦氏所云，甚無謂矣。晚近某詞派，其地與時，並距常州派近。為之倡者，揭櫫花間，自坿高格，塗飾金粉，絕無內心。與評文家所云『浮煙漲墨』曷以異？雖無本之文，不足以自行。歷年垂百，衍派未廣，一編之傳，亦足貽誤初學。嘗求其故。蓋天事絀、性情少者所為，曷如不為之為愈也。

五一

余嘗謂北宋人手高眼低。其自為詞，誠敻(ㄒㄩㄥˋ)乎弗可及。其於他人詞，凡所盛稱，率非其至者。直是口惠，不甚愛惜云爾。後人習聞其說，奉為金科玉律，絕無獨具隻眼，得其真正佳勝者。流弊所極，不特埋沒昔賢精詣，抑且貽誤後人師法。北宋詞人聲華藉甚者，十九鉅公大僚。鉅公大僚之所賞識，至不足恃，詞其小焉者。

五二

兩宋人填詞，往往用唐人詩句。金元人製曲，往往用宋人詞句；尤多排演詞事為曲。關漢卿、王實甫《西廂記》出於趙德麟〈商調蝶戀花〉，其尤著者。檢《曲錄》雜劇部，有《陶秀實醉寫風光好》、《晏叔原風月鷓鴣天》、《張于湖誤宿女貞觀》、《蔡蕭閑醉寫石州慢》、《蕭淑蘭情寄菩薩蠻》，皆詞事也。就一劇一事而審諦之，填詞者之用筆用字何若？製曲者又何若？曲由詞出，其淵源在是。曲與詞分，其徑塗亦在是。曲與詞體格迴(ㄏㄨㄟˊ)殊，而能得其並皆佳妙之故，則於用筆用字之法，思過半矣。

五三

曲有煞尾，有度尾。煞尾如戰馬收韁，度尾如水窮雲起。（見董解元《西廂記》眉評。）煞尾猶詞之歇拍也；度尾猶詞之過拍也。如水窮雲起，帶起下意也。填詞則不然。過拍祇須結束上段，筆宜沉著；換頭另意另起，筆宜挺勁。稍涉曲法，即嫌傷格。此詞與曲之不同也。

五四

明以後詞，纖庸少骨。二、三作者，亦間有精到處。但初學抉擇未精，切忌看之。一中其病，便不可醫也。東坡、稼軒，其秀在骨，其厚在神。初學看之，但得其麤率而已。其實二公不經意處，是真率，非麤率也。余至今未敢學蘇、辛也。

五五

《織餘瑣述》云：『蕙風嘗讀梁元帝〈蕩婦思秋賦〉，至「登樓一望，唯見遠樹含煙。平原如此，不知道路幾千？」呼娛而詔之曰：「此至佳之詞境也。看似平淡無奇，卻情深而意真。求詞詞外，當於此等處得之。」』

五六

又云：『元白樸《天籟集．滿庭芳》小序：「屢欲作茶詞，未暇也。近選宋名公樂府，黃、賀、陳三集中，凡載〈滿庭芳〉四首，大概相類，互有得失。復雜用元、寒、刪、先韻，而語意苦不倫，云云。近人詞，此四韻多通叶，昔賢不謂然也。夫詞雖慢調，韻不逾十。即如寒、刪兩韻，本韻之字即獨用不患不敷，矧已通叶，何必再闌入元、先部乎。」其為取便，亦已甚矣！』

五七

晏同叔賦性剛峻，而詞語特婉麗。蔣竹山詞極穠麗，其人則抱節終身。何文縝少時會飲貴戚家，侍兒惠柔慕公手標，解帊為贈，約牡丹時再集。何賦〈虞美人〉詞有『重來約在牡丹時。只恐花枝相妒，故開遲』之句，後為靖康中盡節名臣。國朝彭羨門孫遹（延露詞）吐屬香豔，多涉閨襜。與夫人伉儷綦篤，生平無姬侍。詞固不可概人也。

五八

余癖詞垂五十年，唯校詞絕少。竊嘗謂昔人填詞，大都陶寫性情，流連光景之作。行間句裏，一二字之不同，安在執是為得失？乃若詞以人重，則意內為先，言外為後，尤毋庸以小疵累大醇。士生今日，載籍極博，經史古子，體大用閎。有志校勘之學，何如擇其尤要，致力一二。詞吾所好，多讀多作可耳。校律猶無容心，矧校字乎？開茲縹帙，鉛槧隨之。昔人有校讎之說，而詞以和雅溫文為主旨，心目中有讎之見存，雖甚佳勝，非吾意所專注。彼昔賢曷能詔余而牖之。則亦終於無所得而已。曩錫山侯氏刻《十名家詞》，顧梁汾為之序，有云：『讀書而必欲避譌與混之失，即披閱吟諷，且不能以終卷，又安望其暢然拔去抑塞，任為流通也。』斯語淺明，可資印證。蓋心為校役，訂疑思誤，丁一確二之不暇，恐讀詞之樂不可得，即作詞之機亦滯矣。如云校畢更讀，則掃葉之喻，校之不已，終亦紛其心而弗克相入也。

五九

《御選歷代詩餘》，每調臚列如干首。每填一調，就諸家名作參互比勘。一聲一字，務求合乎古人，毋托一二不合者以自恕。則不特聲韻無誤，即宮律之微，亦可由此研入。

六〇

《玉梅後詞·玲瓏四犯》云：『衰桃不是相思血，斷紅泣、垂楊金縷。』自注：『桃花泣柳，柳固漠然，而桃花不悔也。』斯旨可以語大。所謂盡其在我而已。千古忠臣孝子，何嘗求諒於君父哉？

六一

吳縣戈順卿（載）《翠微花館詞》，褎然鉅帙，以備調守律為主旨，似乎工拙所弗計也。惟所輯《詞林正韻》，則最為善本。曩王氏四印齋依戈氏自刻本，刻坿所刻詞後。倚聲家圭臬奉之。順卿夫人金婉，字玉卿，有《宜春舫詩詞》。《為外錄詞林正韻畢書後》云：『羅襦甲帳愧非仙，寫韻何妨手一編。從此詞林增善本，四聲堪證宋名賢。』

蕙風詞話・卷二

一

詞有穆之一境，靜而兼厚、重、大也。淡而穆不易，濃而穆更難。知此，可以讀《花閒集》。

二

《花閒》至不易學。其蔽也，襲其貌似，其中空空如也。所謂『麒麟楦』也。或取前人句中意境而紆折變化之，而雕琢、句勒等弊出焉。以尖為新，以纖為豔，詞之風格日靡，真意盡漓，反不如國初名家本色語，或猶近於沉著、濃厚也，庸詎知《花閒》高絕！即或詞學甚深，頗能窺兩宋堂奧，對於《花閒》，猶為望塵卻步耶。

三

唐賢為詞，往往麗而不流，與其詩不甚相遠。劉夢得〈憶江南〉云：『春去也，多謝洛城人。弱柳從風疑舉袂，叢蘭裛露似沾巾。獨坐亦含顰。』流麗之筆，下開北宋子野、少游一派。唯其出自唐音，故能流而不靡。所謂『風流高格調』，其在斯乎。前調云：『猶有桃花流水上，無辭竹葉醉尊前。』〈拋毬樂〉云：『春早見花枝，朝朝恨發遲。及看花落後，卻憶未開時。』亦皆流麗之句。

四

段柯古詞僅見〈閒中好〉，寥寥十許字，殊未饜人意。《海山記》中隋煬帝〈望江南〉八闋，或云柯古所託，亦無確據。余喜其〈折楊柳〉詩：『公子驊騮往何處？綠陰堪繫紫游韁。』此等意境，入詞絕佳。晚唐人詩集中往往而有。蓋詞學浸昌，其機鬱勃，弗可遏矣。

五

李德潤〈臨江仙〉云：『彊整嬌姿臨寶鏡，小池一朵芙蓉。』是人是花，一而二，二而一。句中絕無曲折，卻極形容之妙。昔人名作，此等佳處，讀者每易忽之。

六

《花間集》歐陽炯〈浣溪沙〉云：『蘭麝細香聞喘息，綺羅纖縷見肌膚。此時還恨薄情無？』自有豔詞以來，殆莫豔於此矣。半塘僧鶩曰：『奚翅豔而已？直是大且重。』苟無《花間》詞筆，孰敢為斯語者。

七

徐鼎臣〈夢游詩〉：『繡幌銀屏杳靄間，若非魂夢到應難。』寘之詞中，是絕好意境。又云：『蘸甲遞觴纖似玉，含詞忍笑膩於檀。』則直是《花間》麗句。當時風會所趨，不期然而自致此耳。

八

詞境以「深靜」為至。韓持國〈胡擣練令〉過拍云：『燕子漸歸春悄，簾幙垂清曉。』境至靜矣，而此中有人，如隔蓬山。思之思之，遂由淺而見深。蓋寫景與言情，非二事也。善言情者，但寫景而情在其中。此等境界，唯北宋人詞往往有之。持國此二句，尤妙在一『漸』字。

九

晏叔原詞自序曰：『始時沈十二廉叔、陳十君龍（或作『寵』）家有蓮、鴻、蘋、雲，清謳娛客。』廉叔、君龍殆亦風雅之士，竟無篇闋流傳，並其名亦不可考。宋興百年已還，凡著名之詞人，十九宋史有傳，或坿見父若兄傳。大都黃閣鉅公，烏衣華胄。即名位稍遜者，亦不獲二三焉。當時詞稱極盛，乃至青樓之妙姬、秋墳之靈鬼，亦有名章俊語，載之曩籍，流為美談。萬不至章甫縫掖之士，尺板斗食者流，獨無含咀宮商、規橅秦柳者。矧天子右文，群公操雅，提倡甚非無人，而卒無補於湮沒不彰，何耶？國初顧梁汾有言：『燠涼之態，浸淫而入於風雅。』良可浩歎。即北宋詞人以觀，蓋此風由來舊矣。即如叔原，其才庶幾跨竈，其名殆猶恃父以傳。夫傳不傳，亦何足輕重之有。唯是自古迄今，不知埋沒幾許好詞。而其傳者，或反不如不傳者之可傳。是則重可惜耳！

一〇

《小山詞·阮郎歸》云：『天邊金掌露成霜，雲隨雁字長。綠杯紅袖趁重陽，人情似故鄉。 蘭佩紫，菊簪黃，殷勤理舊狂。欲將沉醉換悲涼，清歌莫斷腸。』『綠杯』二句，意已厚矣。『殷勤理舊狂』，五字三層意。『狂』者，所謂一肚皮不合時宜，發見於外者也。狂已舊矣，而理之，而殷勤理之，其狂若有甚不得已者。『欲將沉醉換悲涼』，是上句注腳。『清歌莫斷腸』，仍含不盡之意。此詞沉著厚重，得此結句，便覺竟體空靈。小晏神仙中人，重以名父之貽，賢師友相與沆瀣，其獨造處，豈凡夫肉眼所能見及。『夢魂慣得無拘管，又逐揚花過謝橋。』以是為至，烏足與論小山詞耶？

一一

《東坡詞・青玉案——用賀方回韻送伯固歸吳中》歇拍云：『作箇歸期天已許。春衫猶是，小蠻鍼線，曾濕西湖雨。』上三句未為甚豔。『曾濕西湖雨』是清語，非豔語。與上三句相連屬，遂成奇豔、絕豔，令人愛不忍釋。坡公天仙化人，此等詞猶為非其至者，後學已未易橅仿其萬一。

一二

有宋熙豐閒，詞學稱極盛。蘇長公提倡風雅，為一代山斗。黃山谷、秦少游、晁無咎皆長公之客也。山谷、無咎皆工倚聲，體格於長公為近。唯少游自闢蹊徑，卓然名家。蓋其天分高，故能抽祕騁妍於尋常濡染之外，而其所以契合長公者獨深。張文潛〈贈李德載〉詩有云：『秦文倩麗舒桃李。』彼所謂文，固指一切文字而言。若以其詞論，直是初日芙蓉、曉風楊柳，倩麗之桃李，容猶當之有愧色焉。王晦叔《碧雞漫志》云：『黃、晁二家詞，皆學坡公，得其七八。』而於少游獨稱其俊逸精妙，與張子野並論，不言其學坡公，可謂知少游者矣。

一三

李方叔〈虞美人〉過拍云：『好風如扇雨如簾。時見岸花汀草、漲痕添。』春夏之交，近水樓臺，碻有此景。『好風』句絕新，似乎未經人道。歇拍云：『碧蕪千里思悠悠。唯有霎時涼夢，到南州。』尤極淡遠清疏之致。

一四

《東山詞》：『歸臥文園猶帶酒，柳花飛度畫堂陰。只憑雙燕話春心。』『柳花』句融景入情，丰神獨絕。近來纖佻一派，誤認輕靈，此等處何曾夢見。

一五

《竹友詞・留董之南過七夕——蝶戀花》後段云：『君似庾郎愁幾許？萬斛愁生，更作征人去。留定征鞍君且住。人間豈有無愁處。』循環無端，含意無盡，小謝可謂善言愁。

一六

元人製曲，幾於每句皆有襯字。取其能達句中之意，而付之歌喉，又抑揚頓挫，悅人聽聞。所謂遲其聲以媚之也。兩宋人詞閒亦有用襯字者。王晉卿云：『燭影搖紅向夜闌，乍酒醒、心情嬾。』『向』字、『乍』字是襯字。據《詞譜》：〈燭影搖紅〉第二句七字，應仄平仄仄平平仄。周美成云：『黛眉巧畫宮妝淺。』不用襯字，與換頭第二句同。

一七

元人沈伯時作《樂府指迷》，於《清真詞》推許甚至。唯以『天便教人，霎時廝見何妨』、『夢魂凝想鴛侶』等句為不可學，則非真能知詞者也。清真又有句云：『多少暗愁密意，唯有天知。』『最苦夢魂，今宵不到伊行。』『拚今生、對花對酒，為伊淚落。』此等語愈樸愈厚，愈厚愈雅，至真之情，由性靈肺腑中流出，不妨說盡而愈無盡。南宋人詞如姜白石云：『酒醒波遠，政凝想、明璫素襪。』庶幾近似。然已微嫌刷色。誠如清真等句，唯有學之不能到耳。如曰不可學也，詎必顰眉搔首，作態幾許，然後出之，乃為可學耶。明已來詞纖豔少骨，致斯道為之不尊，未始非伯時之言階之厲矣。竊嘗以刻印比之。自六代作者以縈紆拗折為工，而兩漢方正平直之氣蕩然無復存者。救敝起衰，欲求一丁敬身、黃大易而未易遽得。乃至倚聲小道，即亦將成絕學。良可慨夫！

一八

《清真詞．望江南》云：『惺忪言語勝聞歌。』謝希深〈夜行船〉云：『尊前和笑不成歌。』皆熨帖入微之筆。

一九

李蕭遠〈點絳脣〉後段云：『碧水黃沙，夢到尋梅處。花無數。問花無語，明月隨人去。』意境不求甚深，讀者悅其輕倩。竹垞《詞綜》首錄此闋。此等詞固浙西派之初祖也。其〈鵲橋仙〉云：『小舟誰在落梅邨？正夢繞、清溪煙雨。』〈西江月〉云：『瓊璈珠珥下秋空，一笑滿天鸞鳳。』皆警句，可誦。

二〇

廖世美〈燭影搖紅〉過拍云：『塞鴻難問，岸柳何窮，別愁紛絮。』神來之筆，即已佳矣。換頭云：『催促年光，舊來流水知何處。斷腸何必更殘陽，極目傷平楚。晚霽波聲帶雨，悄無人、舟橫古渡。』語淡而情深。令子野、太虛輩為之，容或未必能到。此等詞一再吟誦，輒沁入心脾，畢生不能忘。《花庵絕妙詞選》中，真能不愧『絕妙』二字，如世美之作，殊不多覯。

二一

何搢之〈小重山〉『玉船風動酒鱗紅』之句，見稱於時。此特麗句云爾。臨邛高恥庵云（見《詞品》）：『譬如雲錦月鉤，造化之巧，非人琢也。此等句在天壤閒有限。』似乎獎許太過。余喜其換頭『車馬去悤悤，路隨芳草遠』十字。其淡入情，其麗在神。

二二

梅宛陵詩：『不上樓來今幾日，滿城多少柳絲黃。』《晁氏客語》記歐公云：『非聖俞不能到。』（宋無名氏《愛日齋叢鈔》）桉李易安詞：『幾日不來樓上望，粉紅香白已爭妍。』

由此脫胎，卻自是詞筆。（按：此二句乃清人詞。）

二三

趙忠簡詞，王氏四印齋刻入《南宋四名臣詞》。清剛沈至，卓然名家；故君故國之思，流溢行閒句裏。如〈鷓鴣天・建康上元作〉云：『客路那知歲序移，忽驚春到小桃枝。天涯海角悲涼地，記得當年全盛時。　花弄影，月流輝。水精宮殿五雲飛。分明一覺華胥夢，回首東風淚滿衣。』〈洞仙歌〉後段云：『可憐窗外竹，不怕西風，一夜瀟瀟弄疏響。奈此九回腸，萬斛清愁、人何處，邈如天樣。縱隴水秦雲、阻歸音，便不許時閒、夢中尋訪。』其它斷句尤多促節哀音，不堪卒讀。而卷端〈蝶戀花〉乃有句云：『年少淒涼天付與，更堪春思縈離緒。』閑情綺語，安在為盛德之累耶？

二四

填詞，第一要襟抱。唯此事不可彊，並非學力所能到。向伯恭〈虞美人〉過拍云：『人憐貧病不堪憂。誰識此心如月正涵秋。』宋人詞中，此等語未易多覯。

二五

竹齋詞句：『桂樹深邨狹巷通。』頗能橅寫邨居幽邃之趣。若換用它樹，意境便遜。

二六

曾宏父〈浣溪沙〉云：『紫禁正須紅藥句，清江莫與白鷗盟。』尋常稱美語，出以雅令之筆，閱之便不生厭。此酬贈詞之別開生面者。

二七

大卿榮諲〈詠梅．南鄉子〉云：『江上野梅芳，粉色盈盈照路旁。閑折一枝和雪嗅，思量。似箇人人玉體香。特此起愁腸，此恨誰人與寄將？山館寂寥天欲暮，淒涼。人轉迢迢路轉長。』（見《梅苑》）『似箇』句豔而質，猶是宋初風格，花閒之遺。諲字仲思，《宋史》有傳。

二八

《吹劍錄》云：『古今詩人間出，極有佳句。無人收拾，盡成遺珠。陳秋塘詩：「不知筋力衰多少？但覺新來嬾上樓。」』按此二句乃稼軒詞〈鷓鴣天〉歇拍。稼軒倚聲大家，行輩在秋塘稍前，何至取材秋塘詩句。秋塘平昔以才氣自豪，亦豈肯沿襲近人所作。或者俞文豹氏誤記辛詞為陳詩耶？此二句入詞則佳，入詩便稍覺未合。詞與詩體格不同處，其消息即此可參。（按：陳秋塘即陳善。略早於稼軒。）

二九

《東浦詞．且坐令》云：『但冤家、何處貪歡樂，引得我心兒惡。』毛子晉刻入《六十家詞》，以『冤家』字涉俚，跋語譏之。案宋蔣津《葦航紀談》：『作詞者流多用冤家為事。初未知何等語，亦不知所出。後閱《煙花記》，有云：冤家之說有六。情深意濃，彼此牽繫，寧有死耳，不懷異心，所謂冤家者一。兩情相繫，阻隔萬端，心想魂飛，寢食俱廢，所謂冤家者二。長亭短亭，臨歧分袂，黯然銷魂，悲泣良苦，所謂冤家者三。山遙水遠，魚雁無憑，夢寐相思，柔腸寸斷，所謂冤家者四。憐新棄舊，孤恩負義，恨切惆悵，怨深刻骨，所謂冤家者五。一生一死，觸景悲傷，抱恨成疾，迨與俱逝，所謂冤家者六。此語雖鄙俚，亦余之樂聞耳。』云云。樸質為宋詞之一格，此等字不足為疵病。唯是宋人可用，吾人斷不敢用。若用之而亦不足為疵病，則駸駸乎入宋人之室矣。

三〇

詞亦文之一體。昔人名作，亦有理脈可尋。所謂『蛇灰蚓線』之妙。如范石湖〈眼兒媚‧萍鄉道中〉云：『酣酣日腳紫煙浮，妍暖試輕裘。困人天氣，醉人花底，午夢扶頭。春慵恰似春塘水，一片縠紋愁。溶溶洩洩，東風無力，欲皺還休。』『春慵』緊接『困』字、『醉』字來，細極。

三一

陳夢弼和石湖〈鷓鴣天〉云：『指剝春蔥去採蘋，衣絲秋藕不沾塵。眼波明處偏宜笑，眉黛愁來也解顰。　巫峽路，憶行雲，幾番曾夢曲江春。相逢細把銀釭照，猶恐今宵夢似真。』歇拍用晏叔原『今宵賸把銀釭照，猶恐相逢是夢中』句。恐夢似真，翻新入妙，不特不嫌沿襲，幾於青勝於藍。

三二

韓南澗〈霜天曉角〉起調云：『幾聲殘角。月照梅花薄。』歇拍云：『莫把玉肌相映，愁花見、也羞落。』花羞玉肌，其海棠、芍藥之流亞乎？對於梅花，殊未易言。人世幾曾見此玉肌也。

三三

宋王質〈西江月．借江梅蠟梅為意壽董守〉云：『試將花蕊數層層，猶比長年不盡。』元李庭〈水調歌頭．史侯生朝〉云：『側聽稱觴新語，一滴願增一歲，門外酒如川。』並巧語不涉纖。

三四

王質〈江城子〉句云：『得到釵梁容略住，無分做、小蜻蜓。』未經人道。

三五

仲彌性〈浪淘沙〉過拍云：『看盡風光花不語，卻是多情。』語淡而深。〈憶秦娥・詠木犀〉後段云：『佳人斂笑貪先折，重新為翦斜斜葉。斜斜葉。釵頭常帶，一秋風月。』末二句賦物上乘，可藥纖滯之失。

三六

程文簡大昌〈臨江仙・和正卿弟生日〉云：『紫荊同本但殊枝。直須投老日，常似有親時。』〈感皇恩・淑人生日〉云：『人人戴白，獨我青青常保。只將平易處，為蓬島。』此等句非性情厚、閱歷深，未易道得。元劉靜脩《樵庵詞・王利夫壽》云：『吾鄉先友今誰健？西鄰王老時相見。每見憶先公，音容在眼中。　今朝故人子，為壽無多事。唯願歲長豐，年年社酒同。』余極喜誦之。與文簡詞庶幾近似。

三七

《織餘瑣述》：宋洪文惠《盤洲詞》，余最喜其〈生查子〉歇拍云：『春色似行人，無意花閒住。』〈漁家傲引〉後段云：『半夜繫船橋北岸，三杯睡著無人喚。睡覺只疑橋不見。風已變，纜繩吹斷船頭轉。』意境亦空靈可喜。蕙風云：余所喜異於是。〈漁家傲引〉云：『子月水寒風又烈，巨魚漏網成虛設。圉圉從它歸丙穴，謀自拙，空歸不管旁人說。昨夜醉眠西浦月，今宵獨釣南溪雪。妻子一船衣百結，長歡悅，不知人世多離別。』委心任運，不失其為我；知足長樂，不願乎其外。詞境有高於此者乎？是則非娛所能識矣。

三八

宋曹冠《燕喜詞・鳳棲梧》云：『飛絮撩人花照眼。天闊風微、燕外晴絲卷。』狀春情景色絕佳。每值香南研北，展卷微吟，便覺日麗風暄，淑氣撲人眉宇。全帙中似此佳句，竟不可再得。

三九

姚進道《簫台公餘詞〈浣溪沙・青田趙宰席閒作〉》云：『醉眼斜拖春水綠，黛眉低拂遠山濃。此情都在酒杯中。』〈鷓鴣天〉：『縣有花名日日紅。』高仲堅〈席閒作〉云：『夜深莫放西風入，頻遣司花護錦裀。』〈瑞鷓鴣・賞海棠〉云：『一抹霞紅勻醉臉，惱人情處不須香。』〈如夢令・水仙用雪堂韻〉云：『鉤月襯凌波，仿佛湘江煙路。』

〈行香子・抹利花〉云：『香風輕度，翠葉柔枝，與玉郎摘。美人戴、總相宜。』〈好事近・重午前三日〉云：『梅子欲黃時，霖雨晚來初歇。誰在綠窗深處，把綵絲雙結。　淺斟低唱笑相偎，映一團香雪。笑指牆頭榴花，倩玉郎輕折。』進道名述堯，錢唐人。南宋理學家張子韶詩云：『環顧天下閒，四海唯三友。』三友者，施彥執、姚進道、葉先覺。其見重於時如此。顧亦能為綺語、情語。可知蘭畹、金荃，何損於言坊行表也。

四〇

兩宋鉅公大僚，能詞者多，往往不脫簪紱氣。魏文節杞〈虞美人・詠梅〉云：『只應明月最相思，曾見幽香一點未開時。』輕清婉麗，詞人之詞。專對抗節之臣，顧亦能此。宋廣平鐵石心腸，不辭為梅花作賦也。

四一

劉潛夫〈風入松・福清道中作〉云：『多情唯是燈前影，伴此翁同去同來。逆旅主人相問，今回老似前回。』語真質可喜。

四二

後邨〈玉樓春〉云：『男兒西北有神州，莫滴水西橋畔淚。』楊升庵謂其壯語足以立懦，此類是已。

四三

陳藏一《話腴》：『趙昂總管始肄業臨安府學，困躓無聊賴，遂脫儒冠，從禁弁，升御前應對。一日侍阜陵蹕之德壽宮，高廟宴席間，問今應制之臣，張掄之後為誰。阜陵以昂對。高廟俯睞久之。知其嘗為諸生，命賦〈拒霜詞〉。昂奏所用腔，令綴〈婆羅門引〉。又奏所用意，詔自述其梗概。即賦就進呈云：『暮霞照水，水邊無數木芙蓉。曉來露濕輕紅。十里錦絲步障，日轉影重重。向楚天空迥，人立西風。　夕陽道中，歎秋色、與愁濃。寂寞三秋粉黛，臨鑑妝慵。施朱太赤，空惆悵、教妾若為容。花易老、煙水無窮。』高廟喜之，賜銀絹加等。仍俾阜陵與之轉官。我朝之獎勵文人也如此。』此事它書未載。淳熙閒，太學生俞國寶以題斷橋酒肆屏風上〈風入松〉詞『一春常費買花錢』云云，為高宗所稱賞，即日予釋褐。此則屢經記載，稍涉倚聲者知之。其實趙詞近沈著，俞第流美而已。以體格論，俞殊不逮趙。顧當時盛稱，以其句麗可喜，又諧適便口誦，故稱述者多。

文字以投時為宜，詞雖小道，可以闚顯晦之故。古今同揆，感慨系之矣。

四四

姜白石〈鷓鴣天〉云：『籠紗未出馬先嘶。』七字寫出華貴氣象，卻淡雋不涉俗。

四五

羅子遠〈清平樂〉『兩槳能吳語』，五字甚新。楊柳渡頭，荷花蕩口，暖風十里，翦水咿啞，聲愈柔而景愈深。嘗讀《飲水詞〈望江南〉》云：『江南好，虎阜晚秋天。山水總歸詩格秀，笙簫恰稱語音圓。人在木蘭船。』『笙簫』句與此『兩槳』句，同一妙於領會。

四六

劉改之詞格本與辛幼安不同。其《龍洲詞》中，如〈賀新郎．贈張彥功〉云：『誰念天涯牢落況，輕負暖煙濃雨。記酒醒香銷時語。客裏歸韉須早發，怕天寒風急相思苦。』前調云：『衣袂京塵曾染處，空有香紅尚軟。料彼此、魂銷腸斷。』又云：『但託意、焦琴紈扇。莫鼓琵琶江上曲，怕荻花楓葉俱淒怨。』〈祝英臺近．游東園〉云：『晚來約住青驄，踏花歸去，亂紅碎、一庭風月。』〈唐多令．八月五日安遠樓小集〉云：『柳下繫船猶未穩，能幾日、又中秋。』〈醉太平〉云：『翠綃香暖雲屏。更那堪酒醒。』此等句是其當行本色。蔣竹山伯仲閒耳，其激昂慨慷諸作，乃刻意橅擬幼安。至如〈沁園春〉『斗酒彘肩』云云，則尤橅擬而失之太過者矣。《詞苑叢談》云：『劉改之一妾愛甚。淳熙甲午赴省試，在道賦〈天仙子〉詞。到建昌游麻姑山，使小童歌之，至於墮淚。二更後，有美人執拍板來，願唱曲勸酒。即賡前韻：『別酒未斟心已醉』云云。劉喜，與之偕東。其後臨江道士熊若水為劉作法，則並枕人乃一琴耳。攜至麻姑山焚之。』（按：此事出宋洪邁《夷堅志》）改之忍乎哉！是可忍也，孰不可忍也！此物良不俗。雖曰靈怪，即亦何負於改之。世間萬事萬物，形形色色，孰為非幻。改之得唱曲美人，輒忘甚愛之妾，則其所賦之詞、所墮之淚，舉不得謂真。非真即幻，於琴何責焉。焚琴鬻鶴，傖父所為，不圖出之改之。吾為斯琴悲，遇人之不淑。何物臨江道士，尤當深惡痛絕者也。龍洲詞變易體格，迎合稼軒，與琴精幻形求合何以異。吾謂改之宜先自焚其稿。

四七

『離恨做成春夜雨。添得春江，剗地東流去。弱柳繫船都不住，為君愁絕聽嗚艣。』

楊濟翁〈蝶戀花〉前段也。婉曲而近沉著，新穎而不穿鑿，於詞為正宗中之上乘。

四八

《織餘瑣述》：《花庵詞選》謝懋〈杏花天〉歇拍云：『餘酲未解扶頭嬾，屏裏瀟湘夢遠。』昔人盛稱之。不如其過拍云：『雙雙燕子歸來晚，零落紅香過半。』此二語不曾作態，恰妙造自然。蕙風論詞之旨如此。

四九

黃幾仲《竹齋詩餘〈西江月〉》題云：『垂絲海棠，一名醉美人』：『撚翠低垂嫩蕚，勻紅倒簇繁英。穠纖消得比佳人，酒入香肌成暈。　簾幕陰陰窗牖，闌干曲曲池亭。枝頭不起夢春酲，莫遣流鶯喚醒。』此花唯吾鄉有之，太半櫻桃花接本。江南、薊北，未之見也。紫豔沉酣，信足當醉美人品目。

五〇

《鶴林詞〈祝英臺近．春日感懷〉》云：『有時低按銀箏，高歌水調。落花外、紛紛人境。』末七字余極喜之。其妙處難以言說。但覺芥子須彌，猶涉執象。

五一

《織餘瑣述》云：『翻騰妝束鬧蘇隄。』宋馬子嚴〈阮郎歸〉詞句，形容靨釵膩粉，可謂妙於語言。天與娉婷，何有於『翻騰妝束』，適成其為『鬧』而已。

五二

又云：宋嚴仁詞〈醉桃源〉云：『拍隄春水蘸（ㄓㄢˋ）垂楊，水流花片香。弄花噆（ㄗㄢˋ）柳小鴛鴦，一雙隨一雙。』描寫芳春景物，極娟妍鮮翠之致，微特如畫而已。政恐刺繡妙手，未必能到。

五三

盧申之〈江城子〉後段云：『年華空自感飄零。擁春酲，對誰醒。天闊雲閒，無處覓簫聲。載酒買花年少事，渾不似、舊心情。』與劉龍洲詞：『欲買桂花同載酒，終不似、少年游。』可稱異曲同工。然終不如少陵之『詩酒尚堪驅使在，未須料理白頭人』為倔彊（ㄐㄧㄤˋ）

可喜。其〈清平樂〉歇拍云：『何處一春游蕩，夢中猶恨楊花。』是加細寫法。

五四

宋人詞亦有疵病，斷不可學。高竹屋〈中秋夜懷梅溪〉云：『古驛煙寒，幽垣夢冷，應念秦樓十二。』此等句鉤勒太露，便失之薄。張玉田〈水龍吟・寄袁竹初〉云：『待相逢說與相思，想亦在、相思裏。』尤空滑粗率，並不如高句字面稍能蘊藉。

五五

《梅溪詞》：『幾曾湖上不經過。看花南陌醉，駐馬翠樓歌。』下二語人人能道。上七字妙絕，似乎不甚經意，所謂『得來容易卻艱辛』也。

五六

〈壽樓春〉，梅溪自度曲。前段：『因風飛絮，照花斜陽。』後段：『湘雲人散，楚蘭魂傷。』風、飛，花、斜，雲、人，蘭、魂，並用雙聲疊韻字，是聲律極細處。

五七

余少作〈蘇武慢．寒夜聞角〉云：『憑作出、百緒淒涼，淒涼唯有，花冷月閒庭院。珠簾箫幕，可有人聽？聽也可曾腸斷？』半塘翁最為擊節。比閱《方壺詞〈點絳脣〉》云：『曉角霜天，畫簾卻是春天氣。』意與余詞略同。余詞特婉至耳。

五八

《方壺詞〈滿江紅．賦感梅〉》云：『洞府瑤池，多見是、桃紅滿地。君試問、江梅清絕，因何拋棄？仙境常如二三月，此花不受春風醉。』此意絕新。梅花身分絕高，嚮來未經人道。

五九

方壺居士詞，其獨到處能淡而瘦。

六〇

宋王沂公之言曰：『平生志不在溫飽。』以梅詩謁呂文穆云：『雪中未問調羹事，先向百花頭上開。』吳莊敏詞〈沁園春．詠梅〉云：『雖虛林幽壑，數枝偏瘦，已存鼎鼐，一點微酸。松竹交盟，雪霜心事，斷是平生不肯寒。』二公襟抱政復相同。一點微酸，即調羹心事。不志溫飽，為有不肯寒者在耳。又莊敏〈滿江紅〉有『晚風牛笛』句，絕雅鍊可喜。

六一

《履齋詞〈滿江紅．九日郊行〉》云：『數本菊香能勁。』勁韻絕雋峭，非菊之香不足以當此。〈二郎神〉云：『凝佇久，驀聽棋邊落子，一聲聲靜。』〈千秋歲〉云：『荷遞香能細。』此靜與細，亦非雅人深致，未易領略。

六二

吳樂庵〈水龍吟．詠雪次韻〉云：『興來欲喚，羸童瘦馬，尋梅隴首。有客遮留，左援蘇二，右招歐九。問聚星堂上，當年白戰，還更許追蹤否？』此詞略仿劉龍洲〈沁園春〉

『斗酒彘肩，醉渡浙江，豈不快哉。被香山居士，約林和靖，與坡公等，駕勒吾回。』而吳詞意境較靜。

六三

曾同季〈點絳脣・賦芍藥〉云：『君知否？畫闌幽處，留得韶光住。』尋常意中之言，恰似未經人道。〈浣溪沙〉前題云：『濃雲遮日惜紅妝。』所謂仁者見之謂之仁。

六四

《雲莊詞〈酹江月〉》云：『一年好處，是霜輕塵斂，山川如洗。』較『橘綠橙黃』句有意境。

六五

牟端明〈金縷曲〉云：『撲面胡塵渾未掃，強歡謳、還肯軒昂否？』蓋寓黍離之感。昔史遷稱項王悲歌慷慨，此則歡歌而不能激昂。曰『強』，曰『還肯』，其中若有甚不得已者。意愈婉，悲愈深矣。

六六

《龜峰詞〈沁園春・詠西湖酒樓〉》云：『南北戰爭。唯有西湖，長如太平。』此三句含有無限感慨。宋人詩云：『西湖歌舞幾時休？』下云：『直把杭州作汴州。』婉而多諷，旨與剛父略同。

六七

翁五峰〈摸魚兒〉歇拍云：『沙津少駐。舉目送飛鴻，幅巾老子，樓上正凝佇。』東坡送子由詩：『時見烏帽出復沒。』是由送客者望見行人，極寫臨歧眷戀之狀。五峰詞乃由行人望見送者，客子消魂，故人惜別，用筆兩面俱到。

六八

宋汪晫（ㄓㄨㄛˊ）《康範詩餘〈水調歌頭・次韻荷淨亭小集〉》云：『落日水亭靜，藕葉勝花香。』與秦湛『藕葉香風勝花氣』（按：『香風』應作『清風』。）同意。藕葉之香，非靜中不能領略。淨而後能靜，無塵則不囂矣。只此起二句，便恰是詠荷淨亭，不能移到他處，所以為佳。

六九

詞衰於元。當時名人詞論，即亦未臻上乘。如陸輔之《詞旨》所謂警句，往往抉擇不精，適足啟晚近纖妍之習。宋宗室名汝茪者，詞筆清麗，格調本不甚高。《詞旨》取其〈戀繡衾〉句：『怪別來、臙脂慵傅，被東風、偷在杏梢。』此等句不過新巧而已。余喜其〈漢宮春〉云：『故人老大，好襟懷消減全無。漫贏得、秋聲兩耳，冷泉亭下騎驢。』以清麗之筆作淡語，便似冰壺濯魄，玉骨橫秋，綺紈粉黛，迴眸無色。但此等佳處，猶為自詞中出者，未為其至。如欲超軼王（碧山）、周（草窗），伯仲姜（白石）、吳（夢窗），而上企蘇、辛，其必由性情、學問中出乎。

七〇

馮深居〈喜遷鶯〉云：『涼生遙渚，正綠芰擎霜，黃花招雨。鴈外漁燈，蛩邊蟹舍，絳葉表秋來路。世事不離雙鬢，遠夢偏欺孤旅。送望眼，但憑舷微笑，書空無語。慵看清鏡裏，十載征塵，長把朱顏污。借箸青油，揮毫紫塞，舊事不堪重舉。閒闊故山猿鶴，冷落同盟鷗鷺。倦游也，便檣雲柂月，浩歌歸去。』此詞多矜鍊之句，尤合疏密相閒之法，可為初學楷模。

七一

《芸窗詞〈瑞鶴仙・次韻陸景思喜雪〉》云：『農麥年來管好，禾黍離離，詎忘關洛。』〈賀新郎・送劉澄齋歸京口〉云：『西風亂葉長安樹。歎離離、荒宮廢苑，幾番禾黍。』神州陸沉之感，不圖於半閒堂寮吏見之。自來識時達節之士，功名而外無容心。偶有甚非由衷之言，流露於楮墨之表。詎故為是自文飾耶？抑亦天良發見於不自知也？

七二

《空同詞〈月華清・春夜對月〉》云：『況是風柔夜暖。正燕子新來，海棠微綻。不似秋光，只照離人腸斷。』用蘇文忠公王夫人語意，絕佳。上三句亦勝情徐引。

七三

《空同詞》如秋卉娟妍，春蘅鮮翠。

七四

《空同詞》喜鍊字。〈菩薩蠻〉云：『繫馬短亭西，丹楓明酒旗。』〈南柯子〉云：『碧天如水印新蟾。』〈阮郎歸〉云：『綠情紅意兩逢迎，扶春來遠林。』又云：『羅衣金縷明。』兩『明』字、『印』字、『扶』字，並從追琢中出。又〈鷓鴣天〉云：『瑩然初日照芙蕖。』能寫出美人之精神。〈浪淘沙・別意〉云：『花霧漲冥冥，欲雨還晴。』能融景入情，得迷離惝怳之妙。皆佳句也。『漲』字亦鍊。〈行香子〉云：『十年心事，兩字眉婚。』『眉婚』二字新奇，殆即「目成」之意，未詳所本。

七五

『良人輕逐利名遠，不憶幽花靜院。』楊澤民〈秋蕊香〉句。『幽花靜院』，抵多少『盈盈秋水，淡淡春山』。『良人』句質不涉俗，是澤民學清真處。

七六

尹梅津〈眼兒媚・詠柳〉云：『一好百般宜。』五字可作美人評語。明王彥泓詩：『亂頭粗服總傾城。』所謂『一好百般宜』也。

七七

偶閱《閩詞鈔》宋陳以莊〈菩薩蠻〉云：『舉頭忽見衡陽雁，千聲萬字情何限。叵耐薄情夫，一行書也無。　泣歸香閣恨，和淚淹紅粉。待雁卻回時，也無書寄伊。』（按：此非陳以莊詞。蕙風襲葉申薌之誤。）歇拍云云，略失敦厚之恉。所謂盡其在我，何也？然而以謂至深之情，亦無不可。

七八

宋詞名句，多尚渾成。亦有以刻畫見長者。沈約之〈謁金門〉云：『獨倚危闌清晝寂，草長流翠碧。』前調云：『寒色著人無意緒，竹鳴風似雨。』〈如夢令〉云：『忺睡，忺睡。窗在芭蕉葉底。』〈念奴嬌〉（刻本無題，當是〈詠梅棠〉。）云：『醉態天真，半羞微斂，未肯都開了。』刻畫而不涉纖，所以為佳。

七九

近人學夢窗，輒從密處入手。夢窗密處，能令無數麗字，一一生動飛舞，如萬花為春，非若琱璚蹙繡，毫無生氣也。如何能運動無數麗字？恃聰明，尤恃魄力。如何能有魄力？唯厚乃有魄力。夢窗密處易學，厚處難學。

八〇

『心事稱吳妝暈紅』，七字兼情意、妝束、容色。夢窗密處如此等句，或者後人尚能勉彊學到。

八一

重者，沈著之謂。在氣格，不在字句。於夢窗詞庶幾見之。即其芬菲鏗麗之作，中間雋句豔字，莫不有沈摯之思、灝瀚之氣，挾之以流轉。令人翫索而不能盡，則其中之所存者厚。沈著者，厚之發見乎外者也。欲學夢窗之緻密，先學夢窗之沈著。即緻密、即沈著。非出乎緻密之外，超乎緻密之上，別有沈著之一境也。夢窗與蘇、辛二公，實殊流而同源。其見為不同，則夢窗緻密其外耳。其至高至精處，雖擬議形容之，未易得其神似。穎慧之士，束髮操觚，勿輕言學夢窗也。

八二

草窗〈少年游・宮詞〉云：『一樣春風，燕梁鶯戶，那處得春多？』即『梨花雪，桃花雨，畢竟春誰主？』之意。俱從義山『鶯嗁花又笑，畢竟是誰春？』脫出。其〈朝中措・茉莉擬夢窗〉云：『尚有第三花在，不妨留待涼生。』庶幾得夢窗之神似。

八三

周保緒（濟）《止庵集・宋四家詞筏序》以近世為詞者，推南宋為正宗，姜、張為山斗，域於其至近者為不然。其持論介余同異之閒。張誠不足為山斗，得謂南宋非正宗耶？《宋四家詞筏》未見，疑即止庵手錄之《宋四家詞選》，以周邦彥、辛棄疾、王沂孫、吳文英四家為之冠，以類相從者各如干家。止庵又有《論調》一書，以婉、澀、高、平四品分之。其選調視紅友所載祇四之一。此書亦未見。

八四

劉伯寵生平宦轍，在吾廣右。惜其姓名廑見《省志・金石略》，而事行無傳。〈水調歌頭・中秋〉云：『破匣菱花飛動，跨海清光無際，草露滴明璣。』『跨海』云云，是何意境。下乃忽作小言。子云《解嘲》所云：『大者含元氣，細者入無閒。』略可喻詞筆之變化。

八五

李蠙(ㄅㄧㄣ)洲〈拋毬(ㄑㄧㄡˊ)樂〉云：『綺窗幽夢亂如柳，羅袖淚痕凝似餳(ㄒㄧㄥˊ)。』〈謁金門〉云：『可奈薄情如此黠，寄書渾不答。』『餳』、『黠』叶韻雖新，卻不墜宋人風格。然如『餳』韻二句，所爭亦止絫黍閒矣。其不失之尖纖者，以其尚近質拙也。學詞者不可不知。

八六

韓子耕〈高陽臺．除夕〉云：『頻聽銀籤，重然絳蠟，年華袞袞驚心。餞舊迎新，能消幾刻光陰？老來可慣通宵飲，待不眠、還怕寒侵。掩清尊。多謝梅花，伴我微吟。鄰娃已試春妝了，更蜂枝簇翠，燕股橫金。勾引春風，也知芳意難禁。朱顏那有年年好，逞豔遊、贏取如今。恣登臨。殘雪樓臺，遲日園林。』此等詞語淺情深，妙在字句之表，便覺刻意求工，是無端多費氣力。又詞家鍊字法斷不可少。韓子耕〈浪淘沙〉云：『試花霏雨溼春晴。三十六梯人不到，獨喚瑤箏。』妙在『溼』字、『喚』字。

八七

韓子耕詞妙處在一『鬆』字，非功力甚深不辦。

八八

得趣居士詞喁喁昵昵，緻繡細熏。

八九

黃東甫〈柳梢青〉云：『天涯翠巘層層，是多少長亭短亭。』〈眼兒媚〉云：『當時不道春無價，幽夢費重尋。』此等語非深於詞不能道，所謂『詞心』也。〈柳梢青〉又云：『花驚寒食，柳認清明。』『驚』字、『認』字，屬對絕工。昔人用字不苟如是，所謂『詞眼』也。納蘭容若〈浣溪沙〉云：『被酒莫驚春睡重，賭書消得潑茶香。當時只道是尋常。』即東甫〈眼兒媚〉句意。酒中茶半，前事伶俜，皆夢痕耳。

九〇

詞筆『麗』與『豔』不同。『豔』如芍藥、牡丹，慵春媚景，『麗』若海棠、文杏，映燭窺簾。薛梯飆詞工於刷色，當得一『麗』字。〈醉落魄〉云：『單衣乍著，滯寒更傍東風作。珠簾壓定銀鉤索。雨弄初晴，輕旋玉塵落。花唇巧借妝梅約，嬌羞纔放三分萼。尊前不用多評泊。春淺春深，都向杏梢覺。』

九一

《白石詞》：『少年情事老來悲。』宋朱服句：『而今樂事它年淚。』二語合參，可悟『一意化兩』之法。宋周端臣〈木蘭花慢〉云：『料今朝別後，它時有夢，應夢今朝。』與『而今』句同意。

九二

姚成一〈霜天曉角〉換頭云：『煙抹、山態活，雨晴波面滑。』五字對句。上句作上二下三，抹字叶，不唯不勉強，尤饒有韻致，詞筆靈活可憙。

九三

《雪坡詞〈沁園春・壽同年陳探花〉》云：『憶昔東坡，秀奪眉山，生丙子年。蓋丙離子坎，四方中氣，直當此歲，閒出英賢。』詞句用『蓋』字領起，絕奇。子平家言入詞，亦僅見。

九四

莫子山〈水龍吟〉換頭云：『也擬與愁排遣，奈江山遮攔不斷。嬌訛夢語，溼熒啼袖，迷心醉眼。』此等句便開明已後詞派，風格稍稍遜矣。其過拍云：『但年光暗換，人生易感，西歸水、南飛雁。』〈玉樓春〉換頭云：『憑君莫問情多少，門外江流羅帶繞。』此等句便佳，渾成而意味厚。

九五

宋江致和〈五福降中天〉句：『秋水嬌橫俊眼，膩雪輕鋪素胸。』以『鋪』字形容膩雪，有詞筆畫筆所難傳之佳處，無一字可以易之。後蜀歐陽烱〈春光好〉云：『胸鋪雪，臉分蓮。』乃江句所從出。

九六

《須溪詞》風格遒上似稼軒，情辭跌宕似遺山。有時意筆俱化，純任天倪，竟能略似坡公。往往獨到之處，能以中鋒達意，以中聲赴節。世或目為別調，非知人之言也。〈促拍醜奴兒〉云：『百年已是中年後，西州垂淚，東山攜手，幾箇斜暉。』〈踏莎行・九日牛山作〉云：『向來吹帽插花人，盡隨殘照西風去。』〈永遇樂〉云：『香塵暗陌，華燈明晝，長是嬾攜手去。』〈摸魚兒・海棠一夕如雪無飲余者賦恨〉云：『無人舉酒。但照影隄流，圖它紅淚，飄灑到襟袖。』前調〈守歲〉云：『古今守歲無言說，長是酒闌情緒。』〈金縷曲・五日〉云：『欸乃漁歌斜陽外，幾書生能辨投湘賦。』余所摘警句視此。其〈江城子・海棠花下燒燭〉詞云：『欲睡心情一似夢驚殘。』〈山花子・春暮〉云：『更欲徘徊春尚肯，已無花。』若斯之類，是其次矣。如衡論全體大段，以骨榦氣息為主，則必舉全首而言。其中即無如右等句可也。由是推之全卷，乃至口占、漫與之作，而其骨榦氣息具在此。須溪之所以不可及乎。（按：〈踏莎行〉詞乃劉克莊作。）

九七

《須溪詞》中，閒有輕靈婉麗之作。似乎元明已後詞派導源乎此。詎時代已入元初，風會所趨，不期然而然者耶。如〈浣溪沙．感別〉云：『點點疏林欲雪天，竹籬斜閉自清妍。為伊顦顇得人憐。 欲與那人攜素手，粉香和淚落君前。相逢恨恨總無言。』前調〈春日即事〉云：『遠遠游蜂不記家，數行新柳自啼鴉。尋思舊事即天涯。 睡起有情和畫卷，燕歸無語傍人斜。晚風吹落小瓶花。』〈山花子〉後段云：『早宿半程芳草路，猶寒欲雨暮春天。小小桃花三兩樹，得人憐。』此等小詞，乃至略似國初顧梁汾、納蘭容若輩之作，以謂《須溪詞》中之別調可耳。

九八

李商隱〈高陽臺．詠落梅〉云：『飄粉杯寬，盛香袖小，青青半掩苔痕。竹裏遮寒，誰念減盡芳雲。么鳳叫晚吹晴雪，料水空、煙冷西泠。感凋零。殘縷遺鈿，迤邐成塵。東園曾趁花前約，記按箏籌酒，戲挽飛瓊。環佩無聲，草暗臺榭春深。欲倩怨笛傳清譜，怕斷霞，難返吟魂。轉銷凝。點點隨波，望極江亭。』前段『誰念』『念』字、『么鳳』『鳳』字，後段『草暗』『暗』字、『欲倩』『倩』字、『斷霞』『斷』字，他宋人作此調，並用平聲。商隱別作〈寄題蓀壁山房〉闋，亦用平聲，唯此闋用去聲。以峭折為婉美，非起調畢曲處，於宮律無關係也。其前段『水空』『水』字，似亦應用去聲。上與平可通融，與去不可通融也。商隱與弟周隱有《餘不谿二隱叢說》，惜未見。

九九

李周隱〈小重山〉云：『畫檐簪柳碧如城。一簾風雨裏，過清明。』又云：『紅塵沒馬翠埋輪。西泠（ㄌㄥˊ）曲，歡夢絮飄零。』『簪』字、『沒』字、『埋』字並力求警錬，造語亦佳。

一〇〇

余舊作〈浣溪沙〉云：『莫向天涯輕小別，幾回小別動經年。』比閱柴望《秋堂詩餘〈滿江紅〉》云：『別後三年重會面，人生幾度三年別。』意與余詞略同。為黯然者久之。

一〇一

王易簡《謝草窗惠詞卷〈慶宮春〉》歇拍云：『因君凝佇，依約吳山，半痕蛾綠。』易簡《樂府補題》諸作頗膾炙人口。余謂此十二字絕佳，能融景入情，秀極成韻，凝而不佻。

一〇二

《覆瓿(ㄆㄡˇ)詞〈沁園春・歸田作〉》云：『何怨何尤，自歌自笑，天要吾儕(ㄔㄞˊ)更讀書。』真率語未經人道。

蕙風詞話・卷三

一

後晉高祖天福二年，契丹太宗改元會同，國號遼。公卿庶官皆仿中國，參用中國人。自是已還，密邇文化。當是時，中原多故，而詞學寖昌。其先後唐莊宗，其後南唐中宗，以知音提倡於上。和成績《紅葉稿》、馮正中《陽春集》，揚葩振藻於下。徵諸載記，金海陵閱柳永詞，有『三秋桂子，十里荷花』句，遂起吳山立馬之思。遼之於五季，猶金之於北宋也。雅聲遠姚，宜非疆域所能限。其後遼穆宗應曆十年，當宋太祖建隆元年。天祚帝天慶五年，當金太祖收國元年。西遼之亡，於宋為寧宗嘉泰元年，得二百四十二年，於金為章宗泰和元年，得八十七年。當此千年間，宋固詞學極盛，金亦詞人輩出，遼獨闃如，欲求殘闋斷句，亦不可得。海寧周芚兮（春）輯《遼詩話》，竟無一語涉詞。絲簧輟響，蘭荃不芳。風雅道衰，抑何至是。唯是一以當百，有懿德皇后《回心院》詞。其詞既屬長短句，十闋一律。以氣格言，尤必不可謂詩。音節入古，香豔入骨，自是《花閒》之遺。北宋人未易克辦。南渡無論，金源更何論焉。姜堯章言：『凡自度腔，率以意為長短句，而後協之以律。』懿德是詞，固已被之管絃，名之曰『回心院』，後人自可按腔填詞。吳江徐電發（釚）錄入《詞苑叢談》，德清徐誠菴（本立）收入《詞律拾遺》。庶幾灑林牙之陋，彌香膽之疏。史稱后工詩，善談論，自製歌詞，尤善琵琶。其於長短句，所作容不止此。北俗簡質，罕見稱述，當時即已失傳矣。

二

自六朝已還，文章有南北派之分，乃至書法亦然。姑以詞論，金源之於南宋，時代政同。疆域之不同，人事為之耳。風會曷與焉。如辛幼安先在北，何嘗不可南。如吳彥高先在南，何嘗不可北。顧細審其詞，南與北確乎有辨，其故何耶？或謂《中州樂府》選政操之遺山，皆取其近己者。然如王拙軒、李莊靖、段氏遯庵、菊軒，其詞不入元選，而其格調氣息，以視元選諸詞，亦復如驂之靳，則又何說。南宋佳詞能渾，至金源佳詞近剛方。宋詞深致能入骨，如清真、夢窗是。金詞清勁能樹骨，如蕭閒、遯庵是。南人得江山之秀，北人以冰霜為清。南或失之綺靡，近於雕文刻鏤之技。北或失之荒率，無解深裘大馬之譏。善讀者抉擇其精華，能知其並皆佳妙。而其佳妙之所以然，不難於合勘、而難於分觀。往往能知之而難於明言之。然而宋、金之詞之不同，固顯而易見者也。

三

密國公（璹）詞，《中州樂府》箸錄七首，姜、史，辛、劉兩派，兼而有之。〈春草碧〉

云：『舊夢回首何堪，故苑春光又陳跡。落盡後庭花，春草碧。』〈青玉案〉云：『夢裏疏香風似度。覺來唯見、一窗涼月，瘦影無尋處。』並皆幽秀可誦。〈臨江仙〉云：『薰風樓閣夕陽多。倚闌凝思久，漁笛起煙波。』淡淡著筆，言外卻有無限感愴。

四

《明秀集〈滿江紅〉》句：『雲破春陰花玉立。』清姒極喜之，暇輒吟諷不已。余喜其〈千秋歲．對菊小酌〉云：『秋光秀色明霜曉。』意境不在『雲破』句下。

五

清姒學作小令，未能入格。偶幡帵《中州樂府》，得劉仲尹『柔桑葉大綠團雲』句，謂余曰：『只一「大」字，寫出桑之精神。有它字以易之否？』斯語其庶幾乎。略知用字之法。

六

元遺山為劉龍山（仲尹）譔小傳云：『詩樂府俱有蘊藉，參涪翁而得法者也。』蒙則以謂學涪翁而意境稍變者也。嘗以林木佳勝比之。涪翁信能鬱蒼聳秀，其不甚經意處，亦復老榦枒杈，第無醜枝，斯其所以為涪翁耳。龍山蒼秀，庶幾近似。設令為枒杈，必不逮遠甚。或帶煙月而益韻，託雨露而成潤，意境可以稍變，然而烏可等量齊觀也。茲選錄〈鷓鴣天〉二闋如左，讀者細意翫索之，視『黃菊枝頭破曉寒』風度何如。『騎鶴峰前第一人，不應著意怨王孫。當時豔態題詩處，好在香痕與淚痕。調雁柱，引蛾顰，綠窗絃索合箏纂。砌臺歌舞陽春後，明月朱扉幾斷魂。』又：『璧月池南翦木棲，六朝宮袖窄中宜。新聲蹙巧蛾顰黛，纖指移纂雁著絲。朱戶小，畫簾低，細香輕夢隔涪溪。西風只道悲秋瘦，卻是西風未得知。』

七

馮士美〈江城子〉換頭云：『清歌皓齒豔明眸。錦纏頭，若為酬。門外三更，鐙影立驊騮。』『門外』句與姜石帚『籠紗未出馬先嘶』意境略同。『驊騮』字近方重，入詞不易合色。馮句云云，乃適形其俊。可知字無不可用，在乎善用之耳。其過拍云：『月下香雲嬌墮砌，花氣重、酒光浮。』亦豔絕、清絕。

八

劉無黨〈烏夜啼〉歇拍云：『離愁分付殘春雨，花外泣黃昏。』此等句雖名家之作，亦不可學，嫌近纖近衰颯。其過拍云：『宿酲人困屏山夢，煙樹小江邨。』庶幾運實入虛，巧不傷格。曩半塘老人〈南鄉子〉云：『畫裏屏山多少路。青青。一片煙蕪是去程。』意境與劉詞略同。劉清勁，王緜邈。

九

劉無黨〈錦堂春・西湖〉云：『牆角含霜樹靜，樓頭作雪雲垂。』『靜』字、『垂』字，得含霜作雪之神。此實字呼應法，初學最宜留意。

一〇

辛、黨二家，並有骨榦。辛凝勁，黨疏秀。

一一

黨承旨〈青玉案〉云：『痛飲休辭今夕永。與君洗盡，滿襟煩暑，別作高寒境。』以鬆秀之筆，達清勁之氣，倚聲家精詣也。『鬆』字最不易做到。

一二

又〈月上海棠·用前人韻〉後段云：『斷霞魚尾明秋水，帶三兩飛鴻點煙際。疏林颯秋聲，似知人、倦遊無味。家何處？落日西山紫翠。』融情景中，旨淡而遠，迂倪畫筆，庶幾似之。

一三

又〈鷓鴣天〉云：『開簾放入窺窗月，且盡新涼睡美休。』瀟灑疏俊極矣。尤妙在上句『窺窗』二字。窺窗之月，先已有情。用此二字，便曲折而意多。意之曲折，由字裏生出，不同矯揉鉤致，不墮尖纖之失。

一四

柳屯田《樂章集》為詞家正體之一，又為金元已還樂語所自出。金董解元《西廂記》，搊彈體傳奇也。時論其品，如『朱汗碧蹏，神采駿逸』。董有〈哨遍〉詞云：『太皞司春，春工著意，和氣生暘谷。十里芳菲，盡東風絲絲、柳搓金縷。漸漸次第，桃紅杏淺，水綠山青，春漲生煙渚。九十日光陰能幾，早鳴鳩呼婦，乳燕攜雛。亂燕滿地任風吹，飛絮濛空有誰主？春色三分，半入池塘，半隨塵土。　滿地榆錢，算來難買春光住。初夏永、薰風池館，有籐床冰簟紗櫥。日轉午。脫巾散髮，沈李浮瓜，寶扇搖紈素。著甚消磨永日？有掃愁竹葉，侍寢青奴。霎時微雨送新涼，些少金風退殘暑。韶華早、暗中歸去。』此詞連情發藻，妥帖易施，體格於樂章為近。明胡元瑞《筆叢》稱董《西廂記》精工巧麗，備極才情。蓋筆能展拓，則推演為如干字何難矣。自昔詩、詞、曲之遞變，大都隨風會為轉移。詞曲之為體，誠迥乎不同。董為北曲初祖，而其所為詞，於屯田有沆瀣之合。曲繇詞出，淵源斯在。董詞僅見《花草粹編》，它書概未之載。《粹編》之所以可貴，以其多載昔賢不經見之作也。（按：董解元〈哨遍〉見《古本董解元西廂記》，非詞也。）

一五

金源人詞伉爽清疏，自成格調。唯王黃華小令，間涉幽峭之筆，緜邈之音。〈謁金門〉後段云：『瘦雪一痕牆角，青子已妝殘蕚。不道枝頭無可落，東風猶作惡。』歇拍二句，似乎說盡『東風猶作惡』。就花與風之各一面言之，仍猶各有不盡之意。『瘦雪』字新。

一六

唐張祜〈贈內人〉詩：『斜拔玉釵鐙影畔，剔開紅燄救飛蛾。』後人評此以謂慧心仁術。金景〈覃天香〉云：『閒階土花碧潤。緩芒鞵、恐傷蝸蚓。』略與祜詩意同。填詞以厚為要旨，此則小中見厚也。又〈鳳棲梧〉歇拍云：『別有溪山容杖屨，等閒不許人知處。』意境清絕、高絕。憶余少作〈鷓鴣天〉，歇拍云：『茜窗愁對清無語，除卻秋鐙不許知。』以視景詞，意略同而境遠遜，風骨亦未能騫舉。

一七

《遺山樂府〈促拍醜奴兒學閑閑公體〉》云：『朝鏡惜蹉跎。一年年、來日無多。無情六合乾坤裏，顛鸞倒鳳，撐霆裂月，直被消磨。　世事飽經過。算都輸、暢飲高歌。天公不禁人閒酒，良辰美景，賞心樂事，不醉如何？』附閑閑公所賦云：『風雨替花愁。風雨罷、花也應休。勸君莫惜花前醉。今年花謝，明年花謝，白了人頭。　乘興兩三甌。揀溪山、好處追游。但教有酒身無事，有花也好，無花也好，選甚春秋。』遺山誠閑閑高足。第觀此詞，微特難期出藍，幾於未信入室。蓋天人之趣判然，閑閑之作，無復筆墨痕迹可尋矣。

一八

張信甫詞傳者衹〈驀山溪〉一闋：『山河百二，自古關中好。壯歲喜功名，擁征鞍、雕裘繡帽。時移事改，萍梗落江湖。聽楚語、壓蠻歌，往事知多少。　蒼顏白髮，故里欣重到。老馬省曾行，也頻嘶、冷煙殘照。終南山色，不改舊時青。長安道、一回來，須信一回老。』以清遒之筆，寫慨慷之懷，冷煙殘照，老馬頻嘶，何其情之一往而深也。昔人評詩，有云『剛健含婀娜』，余於此詞亦云。

一九

趙愚軒〈行香子〉云：『綠陰何處，旋旋移床。』昔人詩句：『月移花影上闌干。』此言移床就綠陰，意趣尤生動可喜。即此是詞與詩不同處，可悟用筆之法。

二〇

『春山淡冶而如笑，夏山蒼翠而如滴，秋山明淨而如妝，冬山慘澹而如睡。』宋畫院郭熙語也。金許古〈行香子〉過拍云：『夜山低、晴山近、曉山高。』郭能寫山之貌，許尤傳山之神。非入山甚深，知山之真者，未易道得。

二一

許道真〈眼兒媚〉云：『持杯笑道，鵝黃似酒，酒似鵝黃。』此等句看似有風趣，其實絕空淺，即俗所謂打油腔，最不可學。

二二

李欽叔（獻能），劉龍山外甥也，以純孝為士論所重。詩詞餘事，亦卓越輩流。〈江梅引・賦青梅〉云：『冰肌夜冷滑無粟（ㄙㄨˋ），影轉斜廊。冉冉孤鴻，煙水渺三湘。青鳥不來天也老，斷魂些、清霜靜楚江。』『冰肌』句熨帖工緻。『冉冉』以下，取神題外，設境意中。『斷魂』二句拍合，略不喫力，允推賦物聖手。〈浣溪沙・環勝樓〉云：『萬里中原猶北顧，十年長路卻西歸。倚樓懷抱有誰知。』尤為意境高絕。以南北名賢擬之，辛（幼安）殆伯仲之間，吳（彥高）其望塵弗及乎。

二三

段復之〈滿江紅〉序云：『遯庵主人植菊階下。秋雨既盛，草萊蕪沒，殆不可見。江空歲晚，霜餘草腐，而吾菊始發數花。生意悽然，似訴余以不遇，感而賦之。因李生湛然歸寄菊軒弟。』詞後段云：『堂上客，頭空白。都無語，懷疇昔。恨因循過了，重陽佳節。颯颯涼風吹汝急，汝身孤特應難立。漫臨風三嗅繞芳叢，歌還泣。』節韻已下，情深一往，不辨是花是人，讀之令人增孔懷之重。

二四

段誠之《菊軒樂府〈江城子〉》云：『月邊漁，水邊鉏。花底風來，吹亂讀殘書。』前調〈東園牡丹花下酒酣即席賦之〉云：『歸去不妨簪一朵，人也道、春花來。』騷雅俊逸，令人想望風采。〈月上海棠〉云：『喚醒夢中身，鶗鴂數聲春曉。』前調云：『頹然醉臥，印蒼苔半袖。』於情中入深靜，於疏處運追琢，尤能得詞家三昧。

二五

元遺山以絲竹中年，遭遇國變，崔立采望，勒授要職，非其意指。卒以抗節不仕，顦顇南冠二十餘稔。神州陸沈之痛，銅駝荊棘之傷，往往寄託於詞。〈鷓鴣天〉三十七闋，泰半晚年手筆。其〈賦隆德故宮〉及〈宮體〉八首、〈薄命妾〉辭諸作，蕃豔其外，醇至其內，極往復低徊、掩抑零亂之致。而其苦衷之萬不得已，大都流露於不自知。此等詞，宋名家如辛稼軒固嘗有之，而猶不能若是其多也。遺山之詞，亦渾雅、亦博大，有骨榦、有氣象。以比坡公，得其厚矣，而雄不逮焉者。豪而後能雄，遺山所處不能豪，尤不忍豪。牟端明〈金縷曲〉云：『撲面胡塵渾未掃，強歡謳，還肯軒昂否？』知此，可與論遺山矣。設遺山雖坎坷，猶得與坡公同，則其詞之所造，容或尚不止此。其〈水調歌頭·賦三門津〉『黃河九天上』云云，何嘗不崎嶇排奡。坡公之所不可及者，尤能於此等處不露筋骨耳。〈水調歌頭〉當是遺山少作。晚歲鼎鑊餘生，棲遲藎落，興會何能飆舉。知人論世，以謂遺山即金之坡公，何遽有愧色耶？充類言之，坡公不過逐臣，遺山則遺臣、孤臣也。其〈賦隆德故宮〉云：『人閒更有傷心處，奈得劉伶醉後何？』〈宮體〉八首，其二云：『春風殢殺官橋柳，吹盡香緜不放休。』其四云：『月明不放寒枝穩，夜夜烏啼徹五更。』其七云：『花爛錦，柳烘煙，韶華滿意與歡緣。不應寂寞求凰意，長對秋風泣斷絃。』〈薄命妾〉辭云：『桃花一簇開無主，儘著風吹雨打休。』其它如〈無題〉云：『墓頭不要征西字，元是中原一布衣。』又云：『幾時忘得分攜處，黃葉疏雲渭水寒。』又云：『籬邊老卻陶潛菊，一夜西風一夜寒。』又云：『殷勤未數〈閑情賦〉，不願將身作枕囊。』又云：『只緣攜手成歸計，不恨薶(ㄇㄞˊ)頭屈壯圖。』又云：『旁人錯比揚雄宅，笑殺韓家晝錦堂。』又云：『鹿裘孤坐千峰雪，耐與青松老歲寒。』又云：『諸葛菜，邵平瓜，白頭孤影一長嗟。南園睡足松陰轉，無數蜂兒趁晚衙。』又〈與欽叔京甫市飲〉云：『醒來門外三竿日，臥聽春泥過馬蹏(ㄊㄧˊ)。』句各有指，知者可意會而得。其詞纏緜而婉曲，若有難言之隱，而又不得已於言，可以悲其志而原其心矣。

二六

《遺山詞》佳句夥矣。鐙窗雒誦，率意選摘，不無遺珠之惜也。〈江城子·太原寄劉濟川〉云：『斷嶺不遮南望眼，時為我、一憑闌。』前調〈觀別〉云：『萬古垂楊，都是折殘枝。』又云：『為問世間離別淚，何日是、滴休時。』〈感皇恩·秋蓮曲〉云：『微雨岸花，斜陽汀樹，自惜風流怨遲暮。』〈定風波·楊叔能贈詞留別因用其意答之〉云：『至竟交情何處好？向道。不如行路本無情。』〈臨江仙·西山同欽叔送辛敬之歸女几〉云：『回首對床鐙火處，萬山深裏孤邨(ㄘㄨㄣ)。』前調〈內鄉北山〉云：『三年閒為一官忙。簿書愁裏過，筍蕨夢中香。』〈南鄉子〉云：『為向河陽桃李道，休休，青鬢能堪幾度愁。』〈鷓鴣天〉云：『醉來知被旁人笑，無奈風情未減何。』前調云：『殷勤昨夜三更雨，賸醉東城一日春。』前調云：『長安西望腸堪斷，霧閣雲窗又幾重。』〈南柯子〉云：『畫簾雙燕舊家春，曾是玉簫聲裏、斷腸人。』凡余選錄前人詞，以『渾成沖淡』為宗旨。余所謂佳，容或以為未是，安能起遺山而質之。

二七

填詞景中有情，此難以言傳也。元遺山〈木蘭花慢〉云：『黃星。幾年飛去，澹春陰、平野草青青。』平野春青，只是幽靜芳倩ㄑㄧㄢ，卻有難狀之情，令人低徊欲絕。善讀者約略身入景中，便知其妙。

二八

《織餘瑣述》：元好問〈清平樂〉云：『飛去飛來雙乳燕，消息知郎近遠。』用馮延巳『雙燕來時，陌上相逢否』句意。彼未定其逢否，此則直以為知，唯消息近遠未定耳。妙在能變化。（按：此用陳克〈謁金門〉詞意。詞云：『花滿院，飛去飛來雙燕。雨入簾寒不捲，小屏山六扇。翠袖玉笙悽斷，脈脈兩蛾愁淺。消息不知郎近遠，一春長夢見。』）

二九

金李仁卿（治）詞五首，見《遺山樂府》附錄。〈摸魚兒・和遺山賦鴈丘〉過拍云：『詩翁感遇。把江北江南，風嘹月唳，並付一丘土。』託旨甚大。遺山元唱殆未曾有。李詞後段云：『霜魂苦。算猶勝、王嬙青冢真娘墓。』亦慨乎言之。按・治字仁卿，欒城人。正大七年收世科，登詞賦進士第。調高陵簿，未上。從大臣辟，權知鈞州。壬辰北渡，流落忻、崞間。藩府交辟，皆不就。至元二年，再以翰林學士召。就職朞月，以老病辭歸。買田元氏封龍山，隱居講學十六年，卒年八十有八。仁卿晚節與遺山略同，其遇可悲，其心可原，不以下儕元人，援遺山例也。其與翰苑諸公書云：『諸公以英材駿足絕世之學，高躡紫清，黼黻元化，固自其所。而某也孱資瑣質，誤恩偶及，亦復與吹竽之部。律以廉恥，為幾不韙耶？諸公愍我耄昏，教我不逮，肯容我竄名玉堂之署，日夕相與刺經講古、訂辨文字，不即叱出，覆露之德，寧敢少忘哉！但翰林非病叟所處，寵祿非庸夫所食，官謗可畏。幸而得請，投跡故山，木石與居，麋鹿與游，斯亦老朽無用者之所便也。』其辭若有大不得已，其本意從可知。故拜命僅期月，即託疾引去矣。遺山《鴈丘詞〈雙蕖怨〉》詞，揚正卿（果）亦並有和作。明宏治壬子高麗刊本《遺山樂府》，為是書最舊善本，附治詞不附果詞。果，金末進士、縣令。入元，官至參知政事。（按：李治，《元史》

有傳，作李冶，後人遂多沿其誤。元遺山為冶父遹譔寄庵先生墓碑：子男三人，長澈、次冶、次滋。遺山與仁卿同時唱和，斷不至誤書其名，自較史傳尤為可據。蘇天爵《元名臣事略》亦作治，不作冶。金少中大夫程震碑，李治題額，曩余曾見拓本，皆可證史傳之誤者也。）

三〇

劉將孫《養吾齋詩餘》，彊邨所刻詞（第一次印本），列入元人。余議改編《須溪詞》後，為之跋曰：『宋劉尚友《養吾齋詩餘》一卷，彊邨朱先生依《大典養吾齋集》本鈔行，凡二十一闋。檢元《鳳林書院草堂詩餘》，有劉尚友〈憶舊游・論字韻〉云：『政落花時節，顦顇東風，綠滿愁痕。悄客夢驚呼伴侶，斷鴻有約，回泊歸雲。江空共道惆悵，夜雨隔篷聞。儘世外縱橫，人間恩怨，細酌重論。　歎他鄉異縣，渺舊雨新知，歷落情真。怱怱那忍別，料當君思我，我亦思君。人生自我麋鹿，無計久同群。此去重消魂，黃昏細雨人閉門。』此闋大典本《養吾齋詩餘》未載。樊榭山民跋元《草堂詩餘》：『亡名氏選至元、大德間諸人所作，皆南宋遺民也。詞多悽惻傷感，不忘故國。而於卷首冠以劉藏春、許魯齋二家，厥有深意。』云云。抑余觀於劉、許之後，即以信國文公繼之，不啻為之揭櫫諸人何如人者。劉尚友詩餘有〈摸魚兒・己卯元夕〉、〈甲申客路聞鵑〉各一闋。己卯宋帝昺祥興二年，是年宋亡。甲申元世祖至元二十一年，上距宋亡五年。尚友兩詞並情文慷慨，骨榦近蒼。「聞鵑」闋有「少日」、「曾聽」、「搖落壯心」之句。蓋雖須溪之子，而身丁國變，已屆中年。（按：《須溪詞〈摸魚兒・辛巳自壽年五十〉》句云：『渾未定，恁兒子門生，前度登高弱。』兒子即尚友。辛巳前二年為己卯，即尚友作〈元夕〉詞之年，即宋亡之年。是年須溪四十八歲。須溪亦有〈聞杜鵑〉詞，調〈金縷曲〉。句云：『十八年間來往斷，白首人間今古。』自註：『予往來秀城十七八年。自己巳夏歸，又十六年矣。』己巳後十六年，恰是甲申，〈聞杜鵑〉詞當是與尚友同作。是年須溪五十三歲。須溪又有〈臨江仙・將孫生日賦〉云：『二十年前此日，女兒慶我生兒。』末云：『兒童看有子，白髮故應衰。』須溪賦是詞時，尚友逾弱冠，有子矣。『白髮故應衰』，猶是始衰者之言。蓋須溪得尚友早，父子年歲相差，為數二十強弱。據詞，略可考見者如右。）抗志自高，得力庭訓。詩餘二十一闋，無隻字涉宦蹟。如〈踏莎行・閒游〉云：『血染紅牋，淚題錦句，西湖豈憶相思苦。只應幽夢解重來，夢中不識從何去。』〈八聲甘州・送春〉云：「春還是、多情多恨，便不教綠滿洛陽宮。只消得、無情風雨，斷送悤悤。』樊榭所謂悽惻傷感，不忘故國，旨在斯乎。彊邨所刻詞成，就余商定編目。余謂《養吾齋詩餘》宜纚屬《須溪詞》後，不當下儕元人。因略抒己意，為之跋，冀不拂昔賢之意云爾。』《養吾詩餘》撫時感事，淒豔在骨。當時名不甚顯，何耶？自昔名父之子，擅才藻者，往往恃父以傳，必其父官位高。若養吾，則為父所掩者。

三一

元詹天游（玉）〈送童甕天兵後歸杭・齊天樂〉云：『相逢喚醒京華夢，吳塵暗斑吟髮。倚擔評花，認旗沽酒，歷歷行歌奇跡。吹香弄碧。有坡柳風情，逋梅月色。畫鼓紅船，滿湖春水斷橋客。　當時何限俊侶，甚花天月地，人被雲隔。卻載蒼煙，更招白鷺，一醉修江又別。今回記得，更折柳穿魚，賞梅催雪。如此湖山，忍教人更說。』升庵《詞品》謂：『此伯顏破杭州之後，其詞絕無黍離之感、桑梓之悲，止以游樂為言。宋季士習一至於此。』升菴斯言，微特論世少疏，即論詞亦殊未允。當元世祖盛稜震疊，文字之獄，在所不免，第載藉弗詳耳。《鳳林書院草堂詩餘》無名氏選至元、大德間諸人所作，（天游詞錄九首。）並皆南宋遺民詞，多悽惻傷感，不忘故國。而於卷首冠以劉藏春、許魯齋二家，以文丞相、鄧中齋、劉須溪三公繼之，若故為之畦町。當時顧忌甚深，是書於有所不敢之中，僅能存其微旨，庶亦幾經審慎而後出之。天游詞歇拍云：『如此湖山，忍教人更說。』看似平淡，卻含有無限悲涼。以此二句結束全詞，可知弄碧吹香，無非傷心慘目，游樂云乎哉？曲終奏雅，吾謂天游猶為敢言。升庵高明通脫，其於昔賢言中之意，不耐沈思體會，遽爾肆口譏評，是亦文人相輕，充類至義之盡矣。天游它詞，如〈滿江紅・詠牡丹〉云：『何須怪、年華都謝，更為誰容。銜盡吳花成鹿苑，人間不恨雨和風。便一枝流落到人家，清淚紅。』〈一萼紅〉云：『閑著江湖儘寬，誰肯漁蓑。』忠憤至情，流溢行間句裏。〈三姝媚〉云：『如此江山，應悔卻、西湖歌舞。』則尤慨乎言之。升庵涉獵群籍，大都一目十行，或並天游〈齊天樂〉詞未嘗看到歇拍，它詞無論已。其言烏足為定評也。

三二

耶律文正〈鷓鴣天〉歇拍云：『不知何限人間夢，並觸沈思到酒邊。』高渾之至，淡而近於穆矣。庶幾合蘇之清、辛之健而一之。

三三

曩(ㄋㄤˇ)半塘老人跋《藏春樂府》云：『雄廓而不失之傖(ㄘㄤ)楚，醞藉而不流於側媚。』余嘗懸二語心目中以賞會《藏春詞》。如〈木蘭花慢〉云：『桃花為春顦(ㄑㄧㄠˊ)顇(ㄘㄨㄟˋ)，念劉郎、雙鬢也成秋。』〈望月．婆羅門引〉云：『望斷碧波煙渚(ㄓㄨˇ)，蘋蓼(ㄌㄧㄠˇ)不勝秋。但冥冥天際，難識歸舟。』〈臨江仙〉云：『馬頭山色翠相連。不知山下客，何日是歸年。』〈南鄉子〉云：『暮雨夜深猶未住，芭蕉。殘葉蕭疏不奈敲。』前調云：『醉倒不知天早晚，雲收。花影侵窗月滿樓。』前調云：『行人更在青山外。不許朝朝不上樓。』鷓鴣天云：『斜陽影裏山偏好，獨倚闌干嬾下樓。』〈踏莎行〉云：『東風吹徹滿城花，無人曾見春來處。』右所摘皆警句，以言醞藉，近是，而雄廓不與焉。〈太常引〉云：『無地覓松筠。看青草紅芳鬭春。』藏春佐命新朝，運籌帷幄，致位樞衡，乃復作此等感慨語，何耶？〈江城子〉云：『看盡好花春睡穩，紅與紫、任他開。』則是功成名立後所宜有矣。

三四

趙晚山〈桂枝香・和詹天游就訪〉云：『顦顇江南，應念小窗貧女。朱樓十二春無際，倚蒼寒、清袖如故。茶香酒熟，月明風細，試教歌舞。』唐人有〈貧女吟〉，是此詞所本，不止少陵『天寒翠袖』也。託旨婉約，所謂『妝罷低聲問夫婿，畫眉深淺入時無。』臨淄《求自試表》、昌黎《上宰相書》，古今同慨。

三五

趙晚山〈曲游春〉云：『抖擻人間，除離情別恨，乾坤餘幾。』苦語，亦豪語。

三六

張蛻巖〈最高樓．為山邨仇先生壽〉後段云：『喜女嫁男婚今已畢，便束帛安車那肯出。無一事，挂閒身。西湖鷗鷺長為侶，北山猿鶴莫移文。願年年、湯餅會，樂情親。』山邨仕元，非其本意，乃部使者強迫之。即碧山亦當如是。

三七

《秋澗樂府〈鷓鴣天．贈馭說高秀英〉》云：『短短羅袿淡淡妝，拂開紅袖便當場。掩翻歌扇珠成串，吹落談霏玉有香。　由漢魏，到隋唐，誰教若輩管興亡。百年總是逢場戲，拍板門鎚未易當。』『馭說』即說書。此詞清渾超逸，近兩宋風格。

三八

宋昭容王清惠北行，題壁〈滿江紅〉云：『願嫦娥、相顧肯從容，隨圓缺。』文丞相讀至此句，歎曰：『惜哉！夫人於此少商量矣。』趙文敏〈木蘭花慢．和李筼房韻〉云：『但願朱顏長在，任它花落花開。』言為心聲，是亦隨圓缺之說矣。《麓堂詩話》載其谿上詩句：『錦纜牙檣非昨夢，鳳笙龍管是誰家？』則何感愴乃爾。所謂非無萌櫱之生焉。

三九

余徧閱元人詞，最服膺劉文靖，以謂元之蘇文忠可也。文忠詞，以才情博大勝。文靖以性情樸厚勝。其〈菩薩蠻・王利夫壽〉云：『吾鄉先友今誰健？西鄰王老時相見。每見憶先公，（『憶』一本作『說』。細審之，似不如『憶』字，與下句尤貫合。）音容在眼中。今朝故人子，為壽無多事。惟願歲常豐，年年社酒同。』此余尤為心折者也。自餘如前調〈飲山亭感舊〉云：『種花人去花應道，花枝正好人先老。一笑問花枝，花枝得幾許？　人生行樂耳，今古都如此。急欲臥莓苔，前邨酒未來。』〈清平樂〉云：『青天仰面，臥看浮雲卷。蒼狗白衣千萬變，都被幽人窺見。　偶然夢見華胥，覺來花影扶疏。窗下魯論誰誦，呼來共詠舞雩。』前調〈飲山亭留宿〉云：『山翁醉也，欲返黃茅舍。醉裏忽聞留我者，說道群花未謝。　脫巾就臥松龕，覺來詩思方酣。欲借白雲為墨，淋漓灑遍晴嵐。』前調〈賀雨〉云：『雨晴簫鼓，四野歡聲舉。平昔飲山今飲雨，來就老農歌舞。　半生負郭無田，寸心萬國豐年。誰識山翁樂處，野花啼鳥欣然。』前調〈圍棋〉云：『棋聲清美，盤礴青松底。門外行人遙指示，好箇爛柯仙子。　輸贏都付欣然，興闌依舊高眠。山鳥山花相語，翁心不在棋邊。』〈人月圓〉云：『自從謝病修花史，天意不容閒。今年新授，平章（原誤作『意』）風月，檢校雲山。門前報道，麯生來謁，子墨相看。先生正爾，天張翠蓋，山擁雲鬟。』前調云：『茫茫大塊洪爐裏，何物不寒灰。古今多少，荒煙廢壘，老樹遺臺。太山如礪，黃河如帶，等是塵埃。不須更歎，花開花落，春去春來。』〈西江月．山亭留飲〉云：『看竹何須問主，尋邨遙認松蘿。小車到處是行窩，門外雲山屬我。張叟臈醅藏久，王家紅藥開多。相留一醉意如何，老子掀髯曰可。』〈玉樓春〉云：『西山不似龐公傲。城府有樓山便到。欲將華髮染晴嵐，千里青青濃可掃。　人言華髮因愁早，勸我消愁唯酒好。夜來一飲盡千鍾，今日醒來依舊老。』〈南鄉子．張彥通壽〉云：『窗下絡車聲，窗畔兒童課六經。自種牆東新菜莢，青青，隨分盃盤老幼情。　千古董生行，雞犬昇平晝不成。應笑東家劉季子，無能，縱飲狂歌不治生。』〈鵲橋仙〉云：『悠悠萬古，茫茫天宇，自笑平生豪舉。元龍儘意臥床高，渾占得、乾坤幾許。　公家租賦，私家雞黍，學種東皋煙雨。有時抱膝看青山，卻不是、高吟梁父。』〈玉漏遲．汎舟東溪〉云：『故園平似掌，人生何必，武陵溪上。三尺蓑衣，遮斷紅塵千丈。不學東山高臥，也不似、鹿門長往。君試望，遠山顰處，白雲無恙。　自唱，一曲漁歌，當無復當年，缺壺悲壯。老境羲皇，換盡平生豪爽。天設四時佳興，要留待、幽人清賞。花又放，滿意一篙春浪。』〈念奴嬌．憶仲良〉云：『中原形勢東南壯，夢裏譙城秋色。萬水千山收拾就，一片空梁落月。煙雨松楸，風塵淚眼，滴盡青青血。平生不信，人間更有離別。　舊約把臂燕然，乘槎天上，曾對河山說。前日後期今日近，悵望轉添愁絕。雙闕紅雲，三江白浪，應負肝腸鐵。舊游新恨，一生都付長鋏。』如右各闋，寓騷雅於沖夷，足穠郁於平淡，讀之如飲醇醪，如鑑古錦。涵詠而翫索之，於性靈懷抱，胥有裨益。備錄之，不覺其贅也。王半塘云：『《樵庵詞》樸厚深醇中有真趣洋溢，是性情語，無道學氣。』

四〇

《天籟詞〈永遇樂・同李景安游西湖〉》云：『青衫儘付，濛濛雨溼，更著小蠻針線。』用坡公〈青玉案〉句：『春衫猶是，小蠻針線，曾溼西湖雨。』而太素語特傷心。其言外之意，雖形骸可土木，何有於小蠻針線之青衫。以坡公之『瓊樓玉宇，高處不勝寒』比之，猶死別之與生離也。

四一

彭巽吾〈漢宮春・元夕〉云：『夜來風雨，搖得楊柳黃深。』此等句便是元詞，去南渡諸賢遠矣。

四二

羅壺秋〈木蘭花慢・禁釀〉云：『漢家糜粟詔，將不醉、飽生靈。』語極莊，卻極謔。〈菩薩蠻慢〉云：『悵別後、屏掩吳山，便樓燕月寒，鬢蟬雲委。錦字無憑，付銀燭、盡燒千紙。』十二分決絕，卻十二分纏綿。詞人之筆，如是如是。

四三

〈六么令〉調情娟倩，如髫年碧玉，凝睇含顰，讀之令人悵惘。李梅溪〈京中清明〉云：『淡煙疏雨，香徑渺啼鴂。新晴畫簾閒卷，燕外寒猶力。依約天涯芳草，染得春風碧。人閒陳跡，斜陽千古，幾縷游絲趁飛蜨。誰向尊前起舞、又覺春如客。翠袖折取嫣紅，笑與簪華髮。回首青山一點，簷外寒雲疊。梨花淡白，柳花飛絮，夢繞闌干一株雪。』此詞語淡態濃，筆留神往。初春早花，方其韶令，庶幾不負此調。

四四

『舊話不堪長』，趙青山望海潮句。叶『長』字雋。儻易為『詳』，則尋常，無韻致矣。可悟用字之法。

四五

劉起潛〈菩薩蠻．和詹天游〉云：『故園青草依然綠，故宮廢址空喬木。狐兔穴巖城，悠悠萬感生。　胡笳吹漢月，北語南人說。紅紫鬧東風，湖山一夢中。』僅四十許字，而麥秀、黍離之感流溢行間。所謂滿心而發，頗似包舉一長調於小令中。與天游〈齊天樂．贈童甕天兵後歸杭〉闋，各極慨慷低徊之致。

四六

陸子方《牆東詩餘〈點絳脣．情景〉》四首，其一云：『玉體纖柔，照人滴滴嬌波溜。填詞未就，遲卻窗前繡。』情景之佳，殆無逾此。《牆東類稿．妾陳氏墓誌銘》略云：『妾陳氏，暨陽悟空鎮人。生而秀慧。里之豪彊委禽焉。父靳不與，曰：吾女當擇才人事之。父與余外氏同里閈，往來識余，遂與歸焉。余閒居八年，素不事生業，左右散去略盡，陳獨侍余無倦色。性警悟，頗涉文學。壬午春歸甯，父欲奪其志，輒誓不許。曰：吾死陸氏矣。趨之而歸。感微疾，臥經旬，容止不類病人。索坡集閱之，一夕而卒。年二十有七。』子方〈點絳脣〉詞疑即為陳氏作。陳涉文學，故能填詞。子方詞其二云：『齊眉相守，願得從今後。』其四云：『白頭相守，破鏡重圓後。』略與歸甯趨歸情事相合。

四七

姚牧庵文章郢匠，餘事填詞。〈菩薩蠻·中秋夜雨〉云：『素娥會把詩人調，衰顏不值圓蟾照。』此題作者夥矣，『衰顏』句未經人道。〈浪淘沙·余年七十洪山僧相過言別公十餘年面頰益紅潤賦此曉之〉云：『桃花初也笑春風。及到離披將謝日，顏色逾紅。』桃花將謝更紅，經此詞道破，思之信然。體物工細乃爾。

四八

顏吟竹，南渡遺老，與須溪翁唱酬，蓋氣類之感也。〈菩薩蠻〉云：『江南古佳麗，只綰年時髻。信手綰將成，從吾嬾學人。』此老倔彊，乃不肯作時世妝者。〈浣溪沙〉云：『天上人閒花事苦，鏡中翠壓四山低。又成春過據鶯啼。』『據』字未經他人如此用過。

四九

劉鼎玉〈少年游·詠碁〉句：『意重子聲遲。』五字凝鍊，如聞子著楸枰聲。〈蝶戀花·送春〉云：『只道送春無送處，山花落得紅成路。』則尤信手拈來，自成妙諦。以

『鬆秀』二字評之，宜。

五〇

《鳳林書院名儒草堂詩餘》雖錄於元代，猶是南宋遺民，寄託遙深，音節激楚。厲太鴻比諸清湘瑤瑟。秦惇夫所云：『標放言之致則愴快而難懷，寄獨往之思又鬱伊而易感也。』段宏章〈洞仙歌・詠荼蘼〉云：『一庭晴雪，了東風孤注。睡起濃香占窗戶，對翠蛟盤雨，白鳳迎風。知誰見，愁與飛紅流處。想飛瓊弄玉，共駕蒼煙，欲向人閒挽春住。清淚滿檀心，如此江山，都付與、斜陽杜宇。是曾約梅花帶春來，又自趁梨花，送春歸去。』起調以前人『開到荼蘼花事了』詩意為故國銅駝之感。『睡起』句言南宋湖山歌舞，皆在睡夢中，即南唐史（原誤作『宋』。）虛白所謂『風雨揭卻屋，渾家醉未知』也。翠蛟、白鳳是留夢炎一輩。飛瓊、弄玉，是信國文公及其以次諸賢。清淚滿檀心，新亭之淚也。歇拍云云，不揮返日之戈，翻落下井之石，為新朝而推刃故國者，方自詡為識時豪傑。哀莫大於心死，讀先生此詞，猶有天良觸發否乎？詞能為悱惻，而不能為激昂。蓋當是時，南宋無復中興之望。餘生薇葛，歌歗都非。我安適歸，忍與終古。安得『瓊樓玉宇』，無恙高寒？又安得尺寸乾淨土，著我鐵撥銅琶，唱『大江東去』耶？

五一

作慢詞起處，必須籠罩全闋。近人輒作景語徐引，乃至意淺筆弱，非法甚矣。元曾允元為《草堂詩餘》之殿。其〈水龍吟・春夢〉起調云：『日高深院無人，楊花撲帳春雲煖。』從題前攝起題神，已下逐層意境，自能迤邐入勝。其過拍云：『儘雲山煙水，柔情一縷，又暗逐、金鞍遠。』尤極迷離惝恍，非霧非花之妙。

五二

曾鷗江〈點絳脣〉後段云：『來是春初，去是春將老。長亭道，一般芳草，只有歸時好。』看似毫不喫力，政恐南北宋名家未易道得。所謂自然從追琢中出也。

五三

李齊賢，字仲思，遼時高麗國人，有《益齋長短句》。〈鷓鴣天〉云：『飲中妙訣人如問，會得吹笙便可工。』宋諺謂『吹笙』為『竊嘗』。《蘆川詞〈浣溪沙〉》序云：『范才元自釀，色香玉如，直與綠萼梅同調，宛然京洛風味也。因名曰萼綠春，且作一首。諺以「竊嘗」為「吹笙」云。』詞後段：『竹葉傳杯驚老眼，松醪題賦倒綸巾。須防銀字暖朱脣。』『竊嘗』，嘗酒也。故末句云云。仲思居中國久，詞用當時諺語，略與張仲宗意同，資諧笑云爾。《織餘瑣述》云：『樂器竹製者唯笙，用吸氣吸之，恆輕，故以喻「竊嘗」。』

五四

《益齋詞〈太常引・暮行〉》云：『燈火小於螢，人不見、苔扉半扃。』〈人月圓・馬嵬效吳彥高〉云：『小韡中有，漁陽胡馬，驚破霓裳。』〈菩薩蠻・舟次青神〉云：『夜深篷底宿，暗浪鳴琴筑。』〈巫山一段雲・山市晴嵐〉云：『隔溪何處鶗鴂鳴，雲日翳還明。』前調〈黃橋晚照〉云：『夕陽行路卻回頭，紅樹五陵秋。』此等句寘之兩宋名家詞中，亦庶幾無愧色。

五五

《益齋詞》寫景極工。〈巫山一段雲・遠浦歸帆〉云：『雲帆片片趁風開，遠映碧山來。』筆姿靈活，得帆隨湘轉之妙。〈北山煙雨〉云：『巖樹濃凝翠，溪花亂泛紅。斷虹殘照有無中，一鳥沒長空。』『濃凝』、『亂泛』，疊韻對雙聲，與史邦卿『因風飛絮，照花斜陽』句同。益齋乃無心巧合耳。

五六

劉雲閑〈虞美人・春殘念遠〉云：『子規解勸春歸去，春亦無心住。』下句淡而鬆，卻未易道得。並上句『解勸』『解』字，亦為之有精神。竊謂詞學自宋迄元，乃至雲閑等輩，清研婉潤，未墜方雅之遺。亦猶書法自六朝迄唐，至褚登善、徐季海輩，餘韻猶存，風格毋容稍降矣。設令元賢繼起者，不為詞變為曲風會所轉移，俾肆力於倚聲，以語南渡名家，何遽多讓。雲閑輩所詣止此，豈曰其才限之耶。

五七

周梅心〈鷓鴣天・為禁酒作〉云：『曾唱陽關送客時，臨歧借酒話分離。如何酒被多情苦，卻唱陽關去別伊。』句中有韻，能使無情有情，且若有甚深之情。是深於情、工於言情者，由意境醞釀得來，非小慧為詞之比。

五八

王山樵〈阮郎歸〉云：『別時言語總傷心，何曾一字真。』前人或摘為警句。余嫌其說得太盡，且心、真非韻。

五九

蕭漢傑〈菩薩蠻・春雨〉云：『今夜欠添衣，那人知不知？』國朝郭麐〈浪淘沙〉云：『裌衣剛換又增緜。只是別來珍重意，不為春寒。』何嘗不婉麗可喜。古今人不相及，當於此等句參之。

六〇

蕭吟所〈浪淘沙・中秋雨〉云：『貧得今年無月看，留滯江城。』『貧』字入詞夥矣，未有更新於此者。無月非貧者所獨，即亦何加於貧。所謂愈無理愈佳，詞中固有此一境。唯此等句以肆口而成為佳。若有意為之，則纖矣。〈菩薩蠻・春雨〉云：『煙雨溼闌干，杏花驚蟄寒。』『驚蟄』入詞，僅見，而句乃特韻。

六一

彭會心〈念奴嬌・秋日牡丹〉云：『鶯燕無情庭院悄，愁滿闌干苔積。宮錦尊前，霓裳月下，夢亦無消息。』詞旨淒絕。仿佛貞元朝士，白髮重來，上陽宮人，青燈擁髻。

六二

彭會心〈拜星月慢・祠壁宮姬控絃可念〉末段云：『多生不得丹青意，重來又、花鎖長門閉。到夜永、笙鶴歸時，月明天似水。』去路縹緲中仍收束完密，神不外散，是為斲輪手。世之以空泛寫景語為『江上峰青』者，直未喻箇中甘苦也。

六三

虞道園〈風入松・寄柯敬仲〉『畫堂紅袖倚清酣』闋歇拍『報道先生歸也，杏花春雨江南』云云，此詞當時傳唱甚盛。宋于國寶『一春長費賞（按：『賞』應作『買』。）花錢』闋，體格於虞詞為近，鮮翠流麗而已，亦復膾炙人口。此文字所以貴入時也。道園別有此調〈為莆田壽〉云：『頻年清夜肯相過，春碧卷紅蠃。畫檐幾度徘徊月，梁園迥、無復鳴珂。門外雪深三尺，窗中翠淺雙蛾。　舊家丹荔錦交柯，新玉紫峰駝。長安日近天涯遠，行雲夢、不到江波。欲度新詞為壽，先生待教誰歌？』此詞意境較沈淡，便不如前詞悅人口耳，奈何！

六四

宋顯夫〈賀新涼・徐復聽雨軒〉云：『暗度松筠時淅瀝，恍吳娃、昵枕傳私語。』昔賢聽雨詞夥矣，此意未經道過。〈菩薩蠻・丹陽道中〉云：『何處最多情，練湖秋水明。』視楊升庵『塘水初澄似玉容』句，微妙略同，而超逸過之。非慧心絕世，曷克領會到此。〈虞美人・雨中觀梅〉『玉人誰使似冰肌。酒罷歌闌，一晌又相思』句，亦清麗絕倫。

六五

韓致堯詩：『樹頭蜂抱花鬚落，池面魚吹柳絮行。』邵復孺詞：『魚吹翠浪柳花行。』由韓詩脫化耶？抑与韓闇合耶？劉桂隱〈滿庭芳・賦萍〉云：『乳鴛行破，一瞬淪漪。』非胸次無一點塵，此景未易會得。靜深中生明妙矣。邵句小而不纖，最有生氣，卻稍不逮。桂隱近於精詣入神。

六六

許文忠（有壬）《圭塘樂府》，元詞中上駟也。〈沁園春〉云：『看平湖秋碧，淨隨天去。亂峰煙翠，飛入窗來。』又云：『且清尊素瑟，半庭花影。芒鞵竹杖，十里松陰。』

又云：『愛朔雲邊雪，一聲寒角。平沙細草，幾點飛鴻。』以景勝也。〈木蘭花慢〉云：『扁舟采菱歌斷，但一泓寒碧畫橋平。』〈水龍吟・過黃河〉云：『鼓枻茫茫萬里，棹歌聲、響凝空碧。』〈滿江紅〉云：『木落霜清，水底見、金陵城郭。』〈石州慢〉云：『畫出斷腸時，滿斜陽煙樹。』以境勝也。〈水龍吟・題賈氏白雲樓〉云：『本是無心，甯知下土，有人延佇。』〈鵲橋仙〉云：『長安多少曉雞聲，管不到、江南春睡。』〈南鄉子〉云：『回首林慮千萬丈，嶙峋，不效修蛾一點顰。』〈滿江紅・次李沁州韻〉云：『有一官更比在家時，添幽寂。』〈賀新郎・南城懷古〉云：『野水芙蓉香寂寞，猶似當年怨女。』〈浣溪沙〉云：『閒人庭院甚宜苔。』〈沁園春〉云：『神仙遠，有桃花流水，便到天台。』以意勝也。〈水調歌頭・即席贈高辛甫〉云：『浩蕩雲山煙水，寥落晨星霜木，如子已無多。』以度勝也。

六七

《蛻巖詞〈摸魚兒・王季境湖亭蓮花中雙頭一枝邀予同賞而為人折去季境悵然請賦〉》云：『吳娃小艇應偷采，一道綠萍猶碎。』〈掃花游・落紅〉云：『一簾晝永，綠陰陰尚有、絳趺痕凝。』並是真實情景，寓於忘言之頃、至靜之中。非胸中無一點塵，未易領會得到。蛻翁筆能達出，新而不纖，雖淺語，卻有深致。倚聲家於小處規橅古人，此等句即金鍼之度矣。

六八

袁靜春〈燭影搖紅〉云：『鳳釵頻誤踏青期，寂寞牆陰冷。』下句略不刷色，卻境靜而有韻。〈臺城路〉云：『但詩惱東陽，病添中散。』清姒喜其屬對穩稱。

六九

張埜夫《古山樂府〈清平樂．春寒〉》云：『韶光已近春分，小桃猶揹霜痕。』『揹』猶言不放也，與『餘寒猶勒一分花』之『勒』略同。『揹』字入詞僅見。

七〇

古山〈滿江紅〉云：『七椀波濤翻白雪，一枰冰雹消長日。』〈水龍吟〉云：『茶甌雪捲，紋楸雹響，醉魂初醒。』以冰雹形容棋聲之清脆，頗得其似。曩余有句云：『雪聲清似美人琴。』蓋《爾雅》所云霄雪也。

七一

壽詞難得佳句，尤易入俗。古山〈太常引・壽高丞相自上都分省回〉云：『報國與憂時，怎瞞得、星星鬢絲。』〈水龍吟・為何相壽〉云：『要年年霖雨，變為醇酎，共蒼生醉。』此等句渾雅而近樸厚，雖壽詞亦可存。

七二

倪雲林〈太常引・壽彝齋〉云：『柳陰濯足水侵磯。香度野薔薇，芳草綠萋萋。問何事、王孫未歸。一壺濁酒，一聲清唱，簾幙燕雙飛。風暖試輕衣，介眉壽、遙瞻翠微。』壽詞如此著筆，脫然畦封，方雅超逸。『壽』字只於結處一點，可以為法。

七三

顧仲瑛〈青玉案〉過拍云：『晴日朝來升屋角。樹頭幽鳥、對調新語，語罷雙飛卻。』眼前景物，涉筆成趣，猶在宋人範圍之中。歇拍：『可恨狂風空自惡。曉來一陣，晚來一陣，難道都吹落。』云云，即墮元詞藩籬。再稍纖弱，即成曲矣。元、明人詞亦復不無可采，視抉擇何如耳。

七四

蕭東父〈齊天樂〉云：『軟玉分裯，膩雲侵枕，猶憶噴蘭低語。』穠豔極矣，卻不墮惡趣。下云：『如今最苦。甚怕見燈昏，夢游間阻。』極合疏密相間之法。

七五

《清真詞》：『最苦夢魂，今宵不到伊行。』『天便教人，霎時相見何妨。』等句，愈質愈厚。趙待制〈燭影搖紅〉云：『莫恨藍橋路遠。有心時、終須再見。』略得其似。待制詞以婉麗勝，似此句，不能有二也。

七六

趙待制〈蝶戀花〉云：『別久嚬多音信少。應是嬌波，不似當年好。』〈人月圓〉云：『別時猶記，眸盈秋水，淚溼春羅。』並從秦淮海『也應似舊，盈盈秋水，淡淡春山』句出，可謂善於變化。（按：所引秦句乃阮閱詞。）

七七

元舒道原（頔ㄉㄧˊ），官台州學正。所箸ㄓㄨˋ《貞素齋詞》，〈小重山·端午〉云：『碧艾香蒲處處忙。誰家兒共女，慶端陽，細纏五色臂絲長。空惆悵，誰復弔沅湘。　往事莫論量，千年忠義氣，日星光。《離騷》讀罷總堪傷。無人解，樹轉午陰涼。』又有詩云：『湖海半生客，乾坤一布衣。義哉周伯叔，飽食首陽薇。』其寄託如此。其弟士謙（遜）箸《可庵詩餘》，〈木蘭花慢·壽貞素兄〉云：『回頭十年如夢，看園花、灼灼幾春妍。爭似蒼蒼松柏，歲寒同保貞堅。』二舒蓋元室遺臣抗節不仕者。伏讀《四庫書目》舒頔《貞素齋集》提要：『《貞素齋集》八卷，元舒頔撰。頔字道原，績溪人。至元丁丑，江東憲使辟為貴池教諭。秩滿，調丹徒。至正庚寅，轉台州路學正。以道梗不赴，歸隱山中。明興，屢召不出。名所居曰貞素齋，著自守之志也。所著有《古淡稿》、《華陽集》，今皆不傳。此本乃嘉靖中其曾孫旭、玄孫孔昭等所輯，績溪知縣遂甯趙春所刊。其文章頗有法律，詩則縱橫排宕ㄉㄤˋ，不尚纖巧織組之習。七言古體，尤為擅場。卷首有頔自序及自作小傳，均以陶潛自比，而其文乃多頌明功德。蓋元綱失馭，海水群飛，有德者興，人歸天與，原無所容其怨尤。特遺老孤臣，義存故主，自抱其區區之志耳。頔不忘舊國之恩，為出處之正；不掩新朝之美，亦是非之公。固未可與《劇秦美新》一例而論也。』云云。竊謂《提要》之作，時代距國初未遠，以獎許舒頔之言為嚮化輸誠者勸。其實如頔其人，對於新朝歌功誦德，殊可不必。亦如元遺山入元初，其心何嘗不可大白於天下。唯是寄書耶律，薦舉人材，亦復蛇足。凡此誠不足為盛德累，竊意不如並此而無之。萬一後人援以自解，乃至變本加厲，詎非二公之遺憾哉。

七八

《龜巢老人詞〈賀聖朝・和馬公振留別〉》云：『如今相見，衰顏醉酒，似經霜紅樹。』衰老亂離之感，言之蘊藉乃爾，令人消魂欲絕。

七九

邱長春《磻溪詞》，十九作道家語，亦有精警清切之句。〈無俗念・枰棋〉云：『初似海上江邊，三三五五，亂鶴群鴉出。打節衝關成陣勢，錯雜蛟龍蟠屈。』前調〈月〉云：『露結霜凝，金華玉潤，淡蕩何飄逸。』其形容棋勢，如見閒奩落子時。淡蕩飄逸，尤能寫出月之神韻。向來賦此二題者，殆未曾有。

蕙風詞話・卷四

一

意內言外，詞家之恒言也。《韻會舉要》引《說文》作『音內言外』，當是所見宋本如是。以訓詩詞之詞，於誼殊優。凡物在內者恒先，在外者恒後。詞必先有調，而後以詞填之。調即音也。亦有自度腔者，先隨意為長短句，後䙝以律。然律不外正宮、側商等名，則亦先有而在內者也。凡人聞歌詞，接於耳，即知其言。至其調或宮或商，則必審辨而始知，是其在內之徵也。唯其在內而難知，故古云知音者希也。

二

唐人詞三首，永觀堂為余書扇頭。〈望江南〉云：『天上月，遙望似一團銀。夜久更闌風漸緊，以（原注：為）奴吹散月邊雲，照見附（原注：負）心人。』前調云：『五梁臺上月，一片玉無暇（原注：瑕）。以里（原注：迤邐）看歸西□去，橫雲出來不敢遮，𩂯𩃳繞天涯。』〈菩薩蠻〉云：『自從宇宙光戈戟，狼煙處處熏天黑。早晚豎金雖，休磨戰馬蹄。

淼淼三江小（原注：水），半是□（原注：不易辨，似儒字。）生類（原注：淚）。老尚逐今財，問龍門何日開？』并識云：詞三闋，書於唐本《春秋後語》紙背，今藏上虞羅氏。《樂府雜錄》云：『〈望江南〉始自朱崖李太尉鎮浙西日，為亡伎謝秋娘所撰。』《杜陽雜編》亦云：〈菩薩蠻〉乃宣宗大中初所製。明胡元瑞《筆叢》據之，斥《太白集》中〈菩薩蠻〉四詞為偽作。然崔令欽《教坊記》末所載教坊曲名三百六十五中已有此二調。崔令欽見《唐書宰相世系表》，乃隋恒農太守宣度之五世孫，是其人當在睿、元二宗之世。其書紀事訖於開元，亦足略推其時代。據此，則〈望江南〉、〈菩薩蠻〉皆開元教坊舊曲。此詞寫於咸通間，距李贊皇鎮浙西時二十餘年，距大中末不過數年，而敦煌邊地已行此二調，益知段安節與蘇鶚之說非實錄也。蕙風詞隱曰：胡元瑞斥太白〈菩薩蠻〉四詞為偽作，姑勿與辯。試問此偽詞孰能作，孰敢作者。未必兩宋名家克辦。元瑞好駁升庵，此等冒昧之談乃與升庵如驂之靳，何耶？

三

《全芳備祖》顧卞〈詠虞美人草〉調〈虞美人〉云：『帳前草草軍情變，月下旌旗亂。褫衣推枕惜離情，遠風吹下楚歌聲。月三更。　撫鞍欲上重相顧，豔態花無主。手中蓮萼凜秋霜，九泉歸路是仙鄉。恨茫茫。』此詞見《碧雞漫志》（字句小異），不具作者姓名。《花草粹編》署無名氏。苟無肥遯箸錄，則顧卞姓名失傳矣。卞唐人抑北宋人，俟攷。

四

《逸老堂詩話》：《花間集》詞：『一方卯色楚南天。』注：『以卯為泖，非也。』《花間集》注，未之前聞。俞子客所引，作者誰氏不可攷。

五

中國櫻花不繁而實；日本櫻花繁而不實。薛昭蘊詞〈離別難〉云：『搖袖立，春風急，櫻花楊柳兩淒淒。』此中國櫻花也。入詞殆自此始。此花以不繁，故益見娟倩。日本櫻花唯綠者最佳。其紅者或繁密至八重，清氣反為所揜。唯是氣象華貴，宜彼都花王奉之。

六

《聞見近錄》：『金城夫人得幸太祖，頗恃寵。一日宴射後苑，上酌巨觥以勸太宗。

太宗顧庭下曰：「金城夫人親折此花來，乃飲。」上遂命之。太宗引射殺之。』《鐵圍山叢談》亦載此事，訛金城作花蕊，遂蒙不白之冤矣。余嘗謂花蕊才調冠時，非尋常不櫛者流，必無降志辱身之事。被擄北行，製〈采桑子〉詞題葭萌驛壁云：『初離蜀道心將碎，離恨緜緜。春日如年，馬上時時聞杜鵑。』甫就前段，而為軍騎促行。後有無賴子足成之云：『三千宮女蓮（按：『蓮』應作『皆』。）花貌，妾最嬋娟。此去朝天，只恐君王恩愛偏。』《太平清話》謂花蕊至宋，尚有『十四萬人齊解甲，更無一箇是男兒』之句，豈有隨袒行而書此敗節之語。此詞後段決非花蕊手筆，稍涉倚聲者能辨之。按《郡齋讀書志》云：『花蕊夫人俘輸織室，以罪賜死。』烏得有宋宮寵幸事。鄉於《近錄》、《叢談》，所記互異，未定孰是孰非。及證以晁氏之說，始決知誤在《叢談》。而〈采桑子〉後段之誣，尤不辨自明，而花蕊之冤雪矣。晉王射殺花蕊夫人事，李日華《紫桃軒又綴》謂是閩人之女，南唐李煜選入宮。煜降，宋祖嬖之云云。此又一說。據此，則亦必非作宮詞之花蕊夫人也。

七

《陽春白雪》：劉吉甫（頡）〈滿庭芳〉云：『鶯老梅黃，水寒煙淡，斷香誰與添溫。寶釭初上，花影伴芳尊。細細輕簾半捲，憑闌對、山色黃昏。人千里，小樓幽草，何處夢王孫。十年，羈旅興，舟前水驛，馬上煙郵。記小亭香墨，題恨猶存。幾夜江湖舊夢，空淒怨、多少銷魂。歸鴉被、角聲驚起，微雨暗重門。』趙立之云：『此詞宛有淮海風味，惜不名世。』陶氏《詞綜補遺劉頡》一家，即據《陽春白雪》采錄。小傳云：『字吉甫。《宋詩紀事》：吉甫入元祐黨籍。』陶又案：『《臨漢隱居詩話》載《楊文公談苑》言：本朝武人多能詩。劉吉甫云：「一箭不中鵠，五湖歸釣魚。」大年稱其豪。據此，則吉甫曾官武職。』云云。是合作〈滿庭芳詞〉之劉頡、入元祐黨籍之劉吉甫、官武職而能詩之劉吉甫為一人矣。考《元祐黨籍碑》：餘官一百七十七人，劉吉甫次九十三。武臣二十五人，無劉吉甫名。《元祐黨人傳》：劉吉甫，元符中累官承務郎致仕。坐元符末應詔上書，言多詆譏，降官，責遠小處監當。崇寧三年入黨籍邪上第八人。（原注：『據《宋史紀事本末》。』）夫入黨籍之劉吉甫，既碻然非武職矣。其官承務郎，乃在元符中。考《宋史．楊億傳》，億卒於天禧四年，下距元符元年，凡七十八年。彼楊文公者安得預見劉吉甫之詩而稱之乎？可知官武職而能詩之劉吉甫必非入元祐黨籍之劉吉甫矣。而此二人者又皆非作〈滿庭芳〉詞之劉吉甫。何也？彼固名頡，字吉甫，非名吉甫也。《元祐黨籍碑》斷無書字不書名之例。《楊文公談苑》本朝武人多能詩句下劉吉甫云句上，有若曹翰句：『曾經國難穿金甲，不為家貧賣寶刀』云云。陶案語略而弗具耳。楊於曹既稱名，詎於劉獨稱字。彼二人皆名吉甫，於名頡者奚與焉？陳藏一《話腴》云：『郴之桂陽縣東，有廟曰九江王，所祀之鬼乃英布、吳芮、共敖也。紹興間，劉頡為守，乃謂九江王，項羽所偽封。

芮、敖追義帝，而布殺之。放弒之賊，豈容廟食。遂毀之。』此為郴州守之劉頡。其即作〈滿庭芳〉之劉頡乎？仍未敢據以實小傳也。細審〈滿庭芳〉詞，風格亦於南宋為近。

八

毛子晉跋《初寮詞》云：『履道由東觀入掖垣，由烏府至鼇禁，皆天下第一。或謂其受知於蔡元長密薦於上，故恩遇如此。』又云：『或云：初為東坡門下士，其後附蔡叛蘇。』又《幼老春秋》云：『王安中以文章有時名，交結蔡攸。攸引入禁中，賜讌，作〈雙飛玉燕〉詩。』今就二說攷證之。毛跋一曰或謂，再曰或云，殆傳疑之詞，未可深信。賜讌賦詩，事誠有之，詎必蔡攸引入耶。《宋史》安中本傳：『有徐禋者，以增廣鼓鑄之說媚於蔡京。京奏遣禋措置東南九路銅事，且令搜訪寶貨。禋圖繪阬冶，增舊幾十倍，且請開洪州嚴陽山阬，迫有司承歲額數千兩。其所烹鍊，實得銖兩而已。禋術窮，乃妄請得希世珍異與古之寶器，乞歸書藝局。京主其言。安中獨論禋欺上擾下，宜令九路監司覆之。禋竟得罪。時上方鄉神仙之事，蔡京引方士王仔昔以妖術見，朝臣戚里，夤緣關通。安中疏請自今招延山林道術之事，當責所屬保任，宣召出入，必令視察其所經由，仍申嚴臣庶往還之禁。並言京欺君僭上，蠹國害民數事。上悚然納之。已而再疏京罪。上曰：本欲即行卿章，以近天寧節，俟過此，當為卿罷京。京伺知之，大懼。其子攸日夕侍禁中，泣拜懇祈。上為遷安中翰林學士，又遷承旨。』云云。安中對於蔡京，屢持異議，再疏劾京，乃至京懼攸泣，而謂附京結攸者顧如是乎？二家之說，何與史傳迥異如是。

九

葉少蘊《避暑錄話》言：『崇寧初，大樂無徵調。蔡京徇議者請，欲補其闕。教坊大使丁仙現云：音已久亡，不宜妄作。京不聽，遂使他工為之。踰旬得數曲，即〈黃河清〉之類。京喜極，召眾工試按，使仙現在旁聽之。樂闋，問何如？仙現曰：曲甚好，只是落韻。蓋末音寄煞他調，俗所謂落腔是也。』按《宋史．樂志》：政和初，命大晟府改用大晟律，其聲下唐樂已兩律。然劉昺止用所謂中聲八寸七分琯為之，又作匏、笙、塤、篪，皆入夷部。至於徵招、角招，終不得其本均，大率皆假之以見徵音。然其曲譜頗和美，故一時盛行於天下。然教坊樂工，嫉之如讎。其後蔡攸復與教坊用事樂工附會，又上唐譜徵、角二聲，遂再命教坊製曲。譜既成，亦不克行而止。』云云。今據葉少蘊之言，是當時所製曲，碻有未安，故不克行，非緣教坊樂工嫉之如讎也。

一〇

明《楊升庵外集》：『世傳西施隨范蠡去，不見所出。只因杜牧「西子下姑蘇，一舸逐鴟夷」之句而附會也。予竊疑之，未有可證以折其是非。一日讀《墨子》曰：「吳起之裂，其功也。西施之沈，其美也。」喜曰：此吳亡之後，西施亦死於水，不從范蠡去之一證。墨子去吳、越之世甚近，所書得其真。然猶恐牧之別有見。後檢《修文御覽》，見引《吳越春秋》逸篇云：『吳王亡後，越浮西施於江，令隨鴟夷以終。』乃笑曰：此事正與《墨子》合。杜牧未精審，一時趁筆之過也。蓋吳既滅，即沈西施於江。浮，沈也，反言耳。隨鴟夷者，子胥之譖死，西施有焉。胥死，盛以鴟夷。今沈西施，所以報子胥之忠，故曰隨鴟夷以終。范蠡去越，亦號鴟夷子。杜牧遂以子胥鴟夷為范蠡之鴟夷，乃影譔此事以墜後人於疑網也。』云云。曩余輯《祥福集》，嘗據以辨西施隨范蠡遊五湖之誣。比閱董仲達（穎）〈薄媚西子詞〉（見《樂府雅詞》）其第六歇拍云：『哀誠屢吐，甬東分賜。垂暮日，置荒隅，心知愧。寶鍔紅委，鸞存鳳去，孤負恩憐情，不似虞姬。尚望論功，榮還故里。　降令曰，吳亡赦汝，越與吳何異？吳正怨，越方疑。從公論，合去妖類。蛾眉宛轉，竟殞鮫綃，香骨委塵泥。渺渺姑蘇，荒蕪鹿戲。』此詞亦謂吳亡，越殺西施。其曰：『鮫綃香骨委塵泥。』又曰：『渺渺姑蘇。』似亦含有沈之於江之意，與升庵所引《墨子》及《吳越春秋》逸篇之言政合。仲達宋人，如此云云，必有所本。則為西子辨誣，又益一證。當補入《祥福集》。

一一

歐陽永叔〈生查子・元夕詞〉誤入朱淑真集。升庵引之，謂非良家婦所宜。《欽定四庫全書提要》辨之詳矣。魏端禮《斷腸集》序云：『蚤歲父母失審，嫁為市井民妻，一生抑鬱不得志。』升庵之說實原於此。今據集中詩（余藏《斷腸集》，鮑淥飲手校本，巴陵方氏碧琳瑯館景元鈔本。又從《宋元百家詩》、後邨《千家詩》、《名媛詩歸》暨各撰本輯補遺一卷。）及它書攷之。淑真自號幽棲居士，錢塘人。（《四庫提要》）或曰海寧人，文公姪女。（《古今女史》）居寶康巷。（《西湖遊覽志》：在湧金門內如意橋北。）或曰錢塘下里人，世居桃邨。（《全浙詩話》）幼警慧，善讀書。（《游覽志》）文章幽豔，（《女史》）工繪事。（《杜東原集》有朱淑真《梅竹圖》題跋；《沈石田集》有題〈淑真畫竹詩〉）曉音律。（本詩〈答求譜〉云：『春醲釅處多傷感，那得心情事筦弦。』）父官淛西。紹定三年二月，淑真作《璿璣圖記》，有云：家君宦遊淛西，好拾清玩。凡可人意者，雖重購不惜也。（《池北偶談》）其家有東園、西園、西樓、水閣、桂堂、依綠亭諸勝。（本詩〈晚春會東園〉云：『紅點苔痕綠滿枝，舉杯和淚送春歸。倉庚有意留殘景，杜宇無情戀晚暉。蝶趁落花盤地舞，燕隨柳絮入簾飛。醉中曾記題詩處，臨水人家半掩扉。』〈春游西園〉云：『閑步西園裏，春風明媚天。蝶疑莊叟夢，絮憶謝孃聯。躡草翠茵輭，看花紅錦鮮。徘徊林影下，欲去又依然。』〈西樓納涼〉云：『小閣對芙蕖，囂塵一點無。水風涼枕簟，雪葛爽肌膚。』〈夏日游水閣〉云：『澹紅衫子透肌膚，夏日初長板閣虛。獨自憑闌無箇事，水風涼處讀殘書。』〈納涼梓堂〉云：『微涼待月畫樓西，風遞荷香拂面吹。先自桂堂無暑氣，那堪人唱雪堂詞。』〈夜留依綠亭〉云：『水鳥栖煙夜不喧，風傳宮漏到湖邊。三更好月十分魄，萬里無雲一樣天。』案各詩所云：如長日讀書，夜涼待月，碻是家園遊賞情景。淑真它作多思親念遠之意，此獨不然。〈依綠亭〉云：『風傳宮漏到湖邊。』當是寓錢塘作，不在于歸後也。）夫家姓氏失考。似初應禮部試，（本詩〈賀人移學東軒〉云：『一軒瀟灑正東偏，屏棄囂塵聚簡篇。美璞莫辭雕作器，涓流終見積成淵。謝班難繼予慚甚，顏孟堪希子勉旃。鴻鵠羽儀當養就，飛騰早晚看沖天。』〈送人赴禮部試〉云：『春闈報罷已三年，又向西風促去鞭。屢鼓莫嫌非作氣，一飛當自卜沖天。賈生少達終何寓，馬援才高老更堅。大抵功名無早晚，平津今見起菑川。』案：二詩似贈外之作）其後官江南者。（本詩〈春日書懷〉云：『從宦東西不自由，親幃千里淚長流。』〈寒食詠懷〉云：『江南寒食更風流，絲管紛紛逐勝遊。春色眼前無限好，思親懷土自多愁。』案：二詩言親幃千里，思親懷土，當是于歸後作。）淑真從宦，常往來吳、越、荊、楚間，（本詩〈舟行即事〉其六云：『歲暮天涯客異鄉，扁舟今又渡瀟湘。』〈題斗野亭〉云：『地分吳楚界，人在斗牛中。』案：〈舟行即事〉其二云：『白雲遙望有親廬。』其四云：『目斷親幃瞻不到。』其七云：『庭闈獻壽阻傳盃。』又〈秋日得書〉云：『已有歸寧約。』足為于歸後遠離之碻證。）與曾布妻魏氏為詞友。（《御選歷代詩餘》詞人姓氏）嘗會魏席上，賦小鬟妙舞，以飛雪滿群山為韻，作五絕句。又宴謝夫人堂有詩，今竝載集中。淑真生平大略如此。舊說悠謬，其證有三：其父既曰宦游，又嘗留意清玩，東園諸作，可想見其家世，何至下嫁庸夫，一證也。市井民妻，何得有從宦東西之事，二證也。（案：本詩〈江上阻風〉云：『撥悶喜陪尊有酒，供廚不慮食無錢。』〈酒醒〉云：『夢回酒醒嚼盂冰，侍女貪眠喚不譍。』〈睡起〉

云：『侍兒全不知人意，猶把梅花插一枝。』淑真詩凡言起居服御，絕類大家口吻，不同市井民妻。若近日《西青散記》所載賀雙卿詩詞，則誠邨僻小家語矣。）魏、謝大家，豈友駔婦，三證也。淑真之詩，其詞婉而意苦，委曲而難明。當時事迹別無記載可考。以意揣之，或者其夫遠宦，淑真未必皆從，容有竇滔陽臺之事，未可知也。（本詩〈恨春〉云：『春光正好多風雨，恩愛方深奈別離。』〈初夏〉云：『待封一掬傷心淚，寄與南樓薄倖人。』〈梅窗書事〉云：『清香未寄江南夢，偏惱幽閨獨睡人。』〈惜春〉云：『願教青帝長為主，莫遣紛紛點翠苔。』〈愁懷〉云：『鷗鷺鴛鴦作一池，須知羽翼不相宜。東君是與花為主，一任多生連理枝。』案·〈愁懷〉一首，大似諷夫納姬之作。近有才婦諷夫納姬詩云：『荷葉與荷花，紅綠兩相配。鴛鴦自有群，鷗鷺莫入隊。』政與此詩闇合。《游覽志餘》改後二句，作：『東君不與花為主，何似休生連理枝。』以為淑真厭薄其夫之佐證。何樂為此，其心地殆不可知。）它如〈思親〉、〈感舊〉諸什，意各有指，以證《斷腸》之名，（案·淑真歿後，端禮輯其詩詞，名曰『斷腸集』，非淑真自名也。）尤為非是。〈生查子〉詞，今載《廬陵集》第一百三十一卷，（《四庫提要》）宋曾慥《樂府雅詞》、明陳耀文《花草粹編》竝作永叔。慥錄歐詞特慎。《雅詞》序云：『當時或作豔曲，謬為公詞。今悉刪除。』此闋適在選中，其為歐詞明甚。余昔校刻《汲古閣未刻本斷腸詞》跋語中詳記之。茲復箸於篇。

一二

曩余撰詞話辨朱淑真〈生查子〉之誣，多據集中詩比勘事實。沈匏廬先生《瑟榭叢談》云：『淑真〈菊花詩〉：『寧可抱香枝上老，不隨黃葉舞秋風。』實鄭所南〈自題畫菊〉「寧可枝頭抱香死，何曾吹落北風中」二語所本。志節皦然，即此可見。』其論亦據本詩，足補余所未備，亟記之。

一三

朱淑真詞，自來選家列之南宋，謂是文公姪女，或且以為元人，其誤甚矣。淑真與曾布妻魏氏為詞友。曾布貴盛，丁元祐以後，崇寧以前，以大觀元年卒。淑真為布妻之友，則是北宋人無疑。李易安時代猶稍後於淑真。即以詞格論，淑真清空婉約，純乎北宋。易安筆情近濃至，意境較沈博，下開南宋風氣。非所詣不相若，則時會為之也。《池北偶談》謂淑真《璿璣圖記》作於紹定三年。紹定當是紹聖之誤。紹定理宗改元，已近南宋末季，浙地隸輦轂久矣。記云：『家君宦遊浙西。』臨安亦浙西，詎容有此稱耶？

一四

《玉臺名翰》，原題『香閨秀翰』，檇李女史徐範所藏墨蹟。（範為白榆山人貞木女兒，跛足，不字，自號蹇媛。）凡晉衛茂漪，唐吳采鸞、薛洪度，宋胡惠齋、張妙靜，元管仲姬，明葉瓊章、柳如是八家。舊尚有長孫后、朱淑真、沈清友、曹比玉四家，已佚。卷尾當湖沈彩跋，（彩字虹屏，陸烜妾。）亦殘缺。餘俱完好。向藏嘉興馮氏石經閣。道光壬辰，宜興程朗岑大令（璋）借勒上石。亂後逸亭金氏得之。余頃得幖本甚精。竝朱淑真書殘石別藏某氏者亦得拓本。（正書二十行，不全，字徑三分。）淑真書銀鉤精楷，摘錄《世說》『賢媛』一門，涉筆成趣，無非懿行嘉言，而謂駔婦能之乎？『柳梢、月上』之誣，尤不辨自明矣。

一五

易安居士三十一歲小象立軸，藏諸城某氏。諸城，古東武，明誠鄉里也。余與半塘各得撫本。易安手幽蘭一枝，（半塘所藏，改畫菊花。）右方政和甲午德父題辭。（『清麗其詞，端莊其品。歸去來兮，真堪偕隱。』）左方吳寬、李澄中各題七絕一首。按沈匏廬先生（濤）《瑟榭叢談》：『長白普次雲太守（俊）出所藏元人畫李易安小照索題，余為賦二絕句。』云云，未知即此本否。（易安別有『荼蘼春去』小影。）

一六

易安照初臨本，諸城王竹吾前輩（志修）舊藏。竹吾又蓄一奇石，高五尺，靈瓏透豁。上有『雲巢』二字分書；下刻『辛卯九月，德父、易安同記』。見寘王氏仍園竹中。辛卯，政和改元，是年易安二十八歲。

一七

元以詞曲取士，於載籍無徵。唯宋時詞人遭遇極盛。淳熙間，御舟過斷橋，見酒肆屏風上有〈風入松〉詞。高宗稱賞良久，宣問何人所作，乃太學生俞國寶也，即日予釋褐。（《中興詞話》）是真以詞取士矣。淳熙十年八月，上奉兩殿觀潮浙江亭。太上諭令侍宴官各賦〈酹江月〉一曲。至晚進呈，以吳琚為第一。（《乾淳起居注》）是以詞試從臣，且評定甲乙矣。政和癸巳，《大晟樂府》告成，蔡元長薦晁次膺赴闕下。會禁中嘉蓮生，進〈並蒂芙蓉〉詞稱旨，充大晟協律。（《能改齋漫錄》）李邴少日作〈漢宮春〉，膾炙人口。時王黼為首相，忽招至東閣，開宴，延之上坐。出家姬數十人，皆絕色。酒半，羣唱是詞侑觴，大醉而歸。數日有館閣之命。不數年，遂入翰苑。（《玉照新志》）是皆以詞得官矣。詞衰於元，唯曲盛行。士夫精研宮律者有之，未聞君相之提倡。詞曲取士之說，不知何據而云然也。

一八

《詞苑叢談》卷十〈辨證〉有云：『王銍《默記》載歐陽公〈望江南〉雙調：「江南柳，葉小未成陰。人為絲輕那忍折，鶯憐枝嫩不勝吟。留取待春深。　十四五，閒抱琵琶尋。堂上簸錢堂下走，恁時相見已留心。何況到如今。」初歐公有盜甥之疑，上表自白云：「喪厥夫而無託，攜幼女以來歸。張氏此時，年方七歲。」錢穆父素恨公，笑曰：「正是學簸錢時也。」愚案歐公詞出《錢氏私志》，蓋錢世昭因公《五代史》中多毀吳越，故詆之。此詞不足信也。』（《叢談》止此）按周淙《輦下紀事》云：『德壽宮劉妃，臨安人。入宮為紅霞帔，後拜貴妃。又有小劉妃者，以紫霞帔轉宜春郡夫人，進婕妤，復封婉容。皆有寵。宮中號妃為大劉孃子，婉容為小劉孃子。婉容入宮時，年尚幼。德壽賜以詞云：「江南柳，輭綠未成陰。攀折尚憐枝葉小，黃鸝飛上力難禁。留取待春深。」』（《紀事》止此）德壽之詞與默記所傳歐公之作，僅小異耳。錢世昭《私志》稱彭城王錢景臻為先王。景臻追封，當建炎二年。世昭為景臻之孫，愐（景臻第三子）之猶子。以時代考之，亦南宋中葉矣。（《四庫全書提要》於錢世昭、王銍時代，竝未考定詳碻。）竊疑後人就德壽詞衍為雙調，以誣歐公，世昭遂錄入《私志》，王銍因載之《默記》。唯錢穆父固與歐公同時，然公詞既可假託，即自白之表、穆父之言，亦何不可造作之有？竊意歐陽文集中，未必有此表也。

（按：《歐陽全集》中有此表。）

一九

《詞苑叢談》引王仲言云：『左譽字與言，策名後藉甚宦途。錢唐幕府樂籍有張芸女穠，色藝妙天下，譽頗顧之。如「盈盈秋水，淡淡春山」，「帷雲翦水，滴粉搓酥」，皆為穠作。後穠委身立勳大將，易姓章，封大國。紹興中，因覓官行闕，暇日訪西湖兩山間，忽逢車輿甚盛，一麗人搴簾顧譽而顰曰：「如今若把菱花照，猶恐相逢是夢中。」視之，穠也。君恍然悟入，即拂衣東渡，一意空門。』案《中興戰功錄》：『張俊之愛妾張氏，即杭妓張穠也，頗知書。柘皐之役，俊貽書屬以家事。張答書引霍去病、趙雲不問家事為言，令勉報國。俊以其書進。上大喜，親書獎諭賜之。』迺知所謂立勳大將即俊矣。《中興戰功錄》刻入江陰繆氏《藕香簃叢書》。

二〇

楊升庵《詞品》云：『程正伯，東坡中表之戚也。』毛子晉《書舟詞跋》云：『正伯與子瞻，中表兄弟也。』二家之說，於它書未經見。據王季平《書舟詞序》，季平實與正伯同時。東坡卒於建中靖國元年辛巳。季平《書舟詞序》作於紹熙五年甲寅，上距東坡之卒，凡九十三年，正伯與東坡，安得為中表兄弟乎？考《東坡詩集〈送表弟程六之楚州〉》一首，施元之注云：『東坡母成國太夫人程氏，眉山著姓。其姪之才字正輔，第二。之元字德孺，第六，即楚州。之邵字懿叔，第七。』正伯之字與懿叔約略近似，殆即中表之戚之說所由來歟。子晉不考，遂沿其譌。其不曰中表之戚，而曰中表兄弟，又未知別有所據否矣。升庵述舊之言，本屬不盡可信，此其踶盩之尤者。

二

程珌《洺水詞〈西江月·壬辰自壽〉》首句：『天上初秋桂子。』自注：『今歲七月，月中桂子下。』《織餘瑣述》謂：『此典絕新，惜語焉弗詳。』按宋舒岳祥《閬風集》有〈月中桂子記〉，可與程詞印證。唯歲月不同。記云：『余童丱時，先祖拙齋翁夜課余讀書。會中秋，月色浩然，聞瓦上聲如撒雹，甚怪之。先祖曰：此月中桂子也，我少時嘗得之天台山中。呼童子就西廂天井燭之，得二升許。其大如豫章子，無皮，色如白玉，有紋如雀卵。其中有仁，嚼之作脂麻氣味。余囊之，雜菊花作枕。其收拾不盡，散落磚罅甓縫者，旬日後輒出樹。子葉柔長如荔支，其底粉青色，經冬猶在，便可尺餘。兒戲不甚愛惜，徙植盆斛，往往失其所在矣。是後未之見也。每遇中秋月明，輒憶此時事。今年五十九，對月悵然。此至清之精英也。今若有此，定汲井花水嚥下也。』（原注：是歲為丁丑，宋景炎二年，元至元十四年。）此事唐亦有之。《摭言》云：「垂拱四年三月，桂子降於台州臨縣界，十餘日乃止。司馬蓋詵、安撫使狄仁傑以聞，編之史冊。』《南部新書》云：『杭州靈隱山多桂樹。僧曰：月中桂也。至今中秋夜，往往子墜。』《脞說》云：『張君房為錢塘令，宿月輪山。寺僧報曰：桂子下塔。遽登榻望之，紛紛如煙霧，回旋成穗，散墜如牽牛子，黃白相間。』蓋屢見不一見，春夜亦有之矣。白香山〈憶江南〉云：『江南憶，最憶是杭州。山寺月中尋桂子，郡亭枕上看潮頭。』又，〈虔州天竺寺〉詩云：『遙想吾師行道處，天香桂子落紛紛。』皆賦此事。

二二

四印齋所刻《稼軒詞》，覆大德廣信本。〈木蘭花慢．席上送張仲固帥興元〉云：『追亡事，今不見，但山川滿目淚沾衣。』用《史記．淮陰侯傳》『臣追亡者』語。它本『追』竝作『興』，直是臆改。此舊刻所以可貴也。

二三

宋陳成父，子汝玉，寧德人。辛棄疾持憲節來閩，聞其才名，羅致賓席，妻以女。有《和稼軒詞默齋集》，藏於家。見《萬姓統譜》。辛婿工詞，庶幾玉潤。惜所作無傳。

二四

臨桂白龍洞，有紫霞翁題名，《桂勝名勝志》、《謝志金石略》竝未載。象州鄭小谷先生（獻甫）《補學軒文集‧游白龍洞記》云：『壁間有「白龍洞」三大字，其旁又有紫霞翁題名。』則先生親見之矣。按宋楊纘字繼翁，號守齋，又號紫霞翁。洞曉律呂，著有《作詞五要》，刻入姜白石（按：應為『張玉田』。）《詞源》。《浩然齋雅談》云：『纘本鄱陽洪氏，恭聖太后姪楊石子麟孫早夭，祝為嗣。仕至司農卿、淛東帥。』不聞有遷謫之事，不知何因游吾粵也？周公謹〈九日登高徵招〉換頭云：『腸斷紫霞深，知音遠，寂寂怨琴淒調。』歇拍云：『楚山遠，九辯難招，更晚煙殘照。』吾邑遠在楚南，周詞云云，可為霞翁游粵之證。

二五

詞名『六么令』，『么』字，近人寫作『幺』。一說當作『么』，作『幺』誤。『么』是宋樂譜字。按白石自製曲〈揚州慢〉『盡薺麥青青』『薺』字，〈長亭怨慢〉『綠深門戶』『門』字，〈淡黃柳〉『明朝又寒食』『又』字，旁譜竝作『么』，（它詞尚多見。）今『上』字也。『六么』之『么』，未知是否即今『上』字之『么』。然作『幺』誼亦未優，不如作

『厶』，較近聲律家言也。

二六

《夢窗詞〈埽花游．贈芸隱〉》云：『暖逼書床，帶草春搖翠露。』〈江神子．賦洛北碧沼小庵〉云：『不放嘘紅流水透宮溝。』『逼』字、『透』字，宋本並作『通』，注：『去聲。』作『逼』、作『透』，皆後人臆改，不知古音故也。明楊鐵崖《東維子集〈五月八日紀游二十六天洞靈洞詩〉》云：『牛車望氣待箸書，螺女行廚時進供。胡麻留飯阮郎來，林屋刺船毛父通。王生石髓墮手堅，吳客求珠空耳縫。』此詩凡十六韻，皆『送』、『宋』韻。『通』字可作去聲，此亦一證。

二七

明綏安廖用賢《尚友錄》，至尋常之書也。閒亦可資考訂，信開卷有益矣。《陽春白雪》卷四有雷北湖〈好事近〉『梅片作團飛』云云，外集有雷春伯〈沁園春．官滿作〉『問訊故園』云云。錢唐瞿氏刻本《陽春白雪》卷端詞人姓氏爵里，遂誤分雷北湖、雷春伯為二人。無論爵里，並其名弗詳也。雷應春，字春伯，郴人。以詩擅名，屢官監察御史。首疏時相，繼忤權貴，出知全州，弗就。歸隱北湖。後知臨江軍，安靜不擾。嘗欲城新塗，以備不虞，當路阻之。及己未之亂，臨江倉卒無備，人始服其先見。所著有《洞庭》、《玉虹》、《日邊》、《盟鷗》、《清江》諸集。偶檢《尚友錄》得之，可以訂瞿刻《陽春白雪》之誤。

二八

竹垞（ㄊㄨㄛˊ）《詞綜》錄金人韓玉詞三首，列王特起後，趙秉文前。宋有兩韓玉。其一金史有傳，字溫甫，北平人。明昌五年進士。官至河平軍節度副使。其一紹興初由金挈家而南，授江淮都督府計議軍事。見葉紹翁《四朝聞見錄》。箸有《東浦詞》。金韓玉字溫甫者，未聞其能詞也。宋韓玉《東甫詞》一卷，刻入《汲古閣六十家詞》。竹垞《詞綜》所錄〈感皇恩．廣東與康伯可〉『遠柳綠含煙』闋，〈減字木蘭花．贈歌者〉『香檀素手』闋，〈賀新郎〉『柳外鶯聲碎』闋，竝在卷中。可知竹垞誤宋韓玉為金韓玉矣。（金韓玉不應有廣東之行，與康伯可唱酬，是亦一證。）

二九

蘇文忠〈前赤壁賦〉：『桂櫂（ㄓㄠˋ）兮蘭槳，擊空明兮泝（ㄙㄨˋ）流光。渺渺兮予懷，（句）望美人兮天一方。』幼年塾誦，如此斷句。比閱劉尚友《養吾齋詞〈沁園春．檃括前赤壁賦〉》，起調云：『壬戌之秋，七月既望，蘇子泛舟。』『七月句』下自注：『「望」效公予懷望，平讀。』始知宋人讀此二句，乃於『望』字斷句叶韻。句各六字。亟記之，以正幼讀之誤。尚友名將孫，入元抗節不仕，須溪之肖子也。

三〇

四明陳先生（著）《本堂詞》有〈賞鳳花・慶春澤〉二首，〈水龍吟〉、〈聲聲慢〉各一首。此花近今所無。本堂句云：『飛紅舞翠歡迎。』又云：『怕驚塵涴卻，翠羽紅翎。』略可想見花之形色。又云：『杜鵑啼正忙時，半風半雨春慳霽。酴醾未過，櫻甜初熟，梅酸微試。』則開時在暮春矣。元任士林《松鄉先生文集》有〈鳳花賦〉云：『花出鶴林。』（當即鶴林寺。）士林字叔寔，亦四明人。

三一

得九峰書院刻本《中州樂府》，每葉十六行，行十六字，連序跋共九十葉。前有嘉靖十五年漢嘉彭汝寔序，稱：『《中州樂府》，金尚書令史元遺山集也。凡三十六人，一百二十四首。以其父明德翁終焉。人有小敘志之。蜀左轄儼山陸先生偶得是編，圖刻之。嘉定守貴陽高登，遂刻之九峰書院。』後有屬吏麻城毛鳳韶跋。汲古閣刻《中州集》，據明宏治刻本。刻樂府即據此本。子晉識云：『小傳已見詩集，不復贅。』殊不知鄧千江、宗室文卿、張信甫、王玄佐、折元禮五人俱未見詩中，小敘一概刪去，未免失檢。書貴舊刻，益信。錢塘丁氏善本堂所藏《中州集》亦宏治刻本。樂府亦即此本。（又一寫本，竝依毛氏復刻本。）弘治刻《中州集》，未刻樂府。嘉靖刻樂府，不附屬《中州集》。毛氏復刻，乃合而為一耳。

三二

仁和勞氏丹鉛精舍校《遺山樂府》，屢引《中州元氣集》。錢竹汀先生《補元史藝文志‧中州元氣》十冊，在詞曲類。是書勞猶及見，當非久佚。唯曰十冊，疑是寫本未刻，故未分卷。則訪求尤不易矣。晚近弁髦風雅，古書時復流通，容猶有得見之望，未可知耳。

三三

《遺山樂府》張家鼒校本，末附《訂誤》。其〈鷓鴣天〉云：『拍浮多負酒家錢。』《訂誤》云：『錢』元誤『船』，今正。案遺山有〈浣溪沙〉云：『拍浮爭赴酒船中。』可證〈鷓鴣天〉句『船』字非誤。張校臆改，誤也。《晉書》畢卓云：『拍浮酒船中，便足了一生。』

三四

金古齊僕散汝弼，字良弼，官近侍副使。〈風流子・過華清作〉云：『三郎年少客，風流夢，繡嶺蠱瑤環。看浴酒發春，海棠睡暖。笑波生媚，荔子漿寒。況此際，曲江人不見，偃月事無端。羯鼓數聲，打開蜀道。霓裳一曲，舞破潼關。馬嵬西去路，愁來無會處，但淚滿關山。賴有紫囊來進，錦韈傳看。歎玉笛聲沈，樓頭月下。金釵信杳，天上人間。幾度秋風渭水，落葉長安。』正大三年刻石臨潼縣。今存。詞筆藻耀高翔，極慨慷低徊之致。其『浴酒發春』，『笑波生媚』，句法矜鍊，雅近專家。唯起調云：『三郎年少客。』則誤甚。案唐玄宗生於光宅二年乙酉，而楊妃以天寶四年乙酉入宮，玄宗年已六十一，何得謂『三郎年少』耶？『但淚滿關山』，『但』字襯。

三五

《苕溪漁隱叢話》：『梨花一枝春帶雨』、『桃花亂落如紅雨』、『小院（按：應作『院落』）深沈杏花雨』、『黃梅時節家家雨』，皆古今詩詞之警句也。予嘗欲作一亭子，四面皆植花一色，榜曰『四雨』，豈不佳哉！《貴耳集》：陳秋塘（善）与林邦翰論詩及『四雨』句。

陳謂『梨花一枝春帶雨』似茉莉花，『珠簾暮捲西山雨』似含笑花，『桃花亂落如紅雨』似薝蔔花，王荊公以為總不如『院落深沈杏花雨』乃似闍提花。邦翰曰：『此論不獨詩評，乃花譜也。』彭巽吾詞〈蝶戀花〉云：『四面亭前，面面看花坐。』《讀畫齋叢書》本元《草堂詩餘》，『四面』作『四雨』，當是巽吾用胡元任或陳秋塘語。胡云：『作亭子，榜曰四雨。』尤與彭詞合。作『四面』者誤也。

三六

《漢書．黃霸傳》：『霸曰：許丞廉吏，雖老尚能拜起送迎，正頗重聽何傷。』『重』，傳容切。元劉敏中《中庵詩餘〈南鄉子．老病自戲〉》云：『耳重眼花多，行則攲危語則訛。』『耳重』即『重聽』，讀若『輕重』之『重』，僅見。

三七

《韓子通解》：伯夷哀天下之偷且以彊，則服食其葛薇，逃山而死。元安敬仲（熙）《默庵樂府〈石州慢．寄題龍首峰〉》云：『擬將書劍，西山采蕨食薇，自應不屬春風管。』『采蕨食薇』改『服食葛薇』，較典雅。

三八

漁洋《倚聲集·序》云：『書成，鄒子命曰倚聲。陸游有言，唐自大中後，詩家日趣淺薄，會有倚聲作詞者，頗擺落故態，適與六朝跌宕意氣差近。厥義蓋取諸此。』案《唐書·劉禹錫傳》：『禹錫斥朗州司馬，州接夜郎諸夷，每祠，歌〈竹枝〉鼓吹。禹錫倚其聲，作〈竹枝詞〉十餘篇。』『倚聲』字始此。

三九

宋人工詞曲者稱『聲家』，一曰『聲黨』。見《碧雞漫志》。詞曲曰『韻令』。見《清波雜志》。唐劉賓客《董氏武陵集紀》：『兵興已還，右武尚功。公卿大夫以憂濟為任，不暇器人於文什之間。故其風寖息。樂府協律，不能足（原注：去聲。）新詞以度曲。夜諷之職，寂寥無紀。』『夜諷』字甚新，殆即新詞度曲之謂。劉用入文，必有所本。

四〇

古詩『眽眽不得語』，宋詞『眽斷』字作『脈』，誤。

四一

寒食禁火，相傳因介之推事，猶端午競渡，因屈原也。洪武本《草堂詩餘》陸放翁〈春游摩訶池．水龍吟〉，『禁煙將近』句注云：『周禮：司烜氏，仲春以木鐸徇火，禁於國中。』此別一說。

四二

明嘉靖庚寅上海顧汝所（從敬）所刻《草堂詩餘》，雖剞劂未精，其所據依卻是宋刻舊本，未經明人增羼。詞後有箋者約十之三四，初學誦習最宜。

蕙風詞話・卷五

一

世譏明詞纖靡傷格，未為允協之論。明詞專家少，粗淺、蕪率之失多，誠不足當宋元之續。唯是纖靡傷格，若祝希哲、湯義仍、（義仍工曲，詞則敝甚。）施子野輩，僂指不過數家，何至為全體詬病。洎乎晚季，夏節愍、陳忠裕、彭茗齋、王薑齋諸賢，含婀娜於剛健，有風騷之遺則，庶幾纖靡者之藥石矣。國初曾王孫、聶先輯《百名家詞》，多沈著濃厚之作，明賢之流風餘韻，猶有存者。詞格纖靡，實始於康熙中。《倚聲》一集，有以啟之。集中所錄小慧側豔之詞，十居八九。王阮亭、鄒程邨同操選政，程邨實主之，引阮亭為重云爾。而為當代鉅公，遂足轉移風氣。世知阮亭論詩以神韻為宗，明、清之間，詩格為之一變。而詞格之變，亦自託阮亭之名始，則罕知之。而執明人為之任咎，詎不誣乎？

二

陳大聲詞、全明不能有二。《坐隱先生草堂餘意》，甲辰春半塘假去，即付手民，蓋亦契賞之至。寫樣甫竟，半塘自揚之蘇，嬰疾遽歿。元書及樣本竝失去，不復可求。其詞境約略在余心目中，兼樂章之敷腴、清真之沈著、漱玉之緜麗。南渡作者，非上駟，未易方駕。明詞往往為人指摘，一陳先生推撏百瑕而有餘。是書失傳，明詞之不幸，半塘之隱恫矣。大聲名鐸，別號七一居士；下邳人，家上元，睢寧伯陳文曾孫。正德間，襲濟州衛指揮。有《秋碧軒集》五卷、《香月亭集》（卷數未詳）、《秋碧樂府》一卷，《梨雲寄傲詞》、《草堂餘意》各一卷。（余所得鉅帙逾百葉，卷數不復記憶。）竝見《千頃堂書目》。大聲精研宮律，人稱『樂王』。又善謔，嘗居京師，戲仿月令云云。見顧起元《客座贅語》。又有《四時曲》、《與徐髯仙聯句》。

三

楊用修席芬名閥，涉筆瑰麗。自負見聞賅博，不恤杜譔肆欺。迹其忍俊不禁，信有奇思妙語，非尋常才俊所及。嘗云：李後主〈擣練子〉『深院靜』、『雲鬢亂』二闋，曩見一舊本，竝是〈鷓鴣天〉：『塘水初澄似玉容，所思猶在別離中。誰知九月初三夜，露似珍珠月似弓。　深院靜，小庭空，斷續聲隨斷續風。無奈夜長人不寐，數聲和月到簾櫳。』『節候雖佳景漸闌，吳綾已暖越羅寒。朱扉日暮無風掩，一樹藤花獨自看。　雲鬢亂，晚妝殘，帶恨眉兒遠岫攢。斜托香腮春筍嫩，為誰和淚倚闌干。』以『塘水初澄』譬方玉容，其為妙肖，匪夷所思。『雲鬟亂』闋前段尤能以畫家白描法，形容一極貞靜之思婦。綾羅閒之暖寒，非深閨弱質，工愁善感者，體會不到。『一樹藤花』，確是人家庭院景物。曰『獨自看』，其殆〈白華〉之詩，無營無欲之旨乎。『扉無風而自掩』，境至清寂，無一點塵。如此云云。可知『遠岫眉攢』、『倚闌和淚』，皆是至真至正之情，有合風人之旨。即詞境詞格，亦與之俱高。雖重光復起，宜無閒然。或猶譏其嚮壁虛造，寧非固歟。

四

宇內無情物，莫如山水。眼前循山一徑，行水片帆，乃至目極不到，即是天涯。古今別離人，何一非山水為之閒阻。明王泰際〈浪淘沙〉云：『多應身在翠微閒。歸看雙鸞妝鏡裏，一樣春山。』由無情說到有情，語怨而婉。陳伯陽〈如夢令〉云：『立馬怨江山，何故將人隔限。』亦先得我心。案《蘇州府志》：『王泰際字內三，崇正癸未進士。性至孝，歸省，值國變，北望號慟，與同年黃淳耀約偕隱。乙酉兵亂，淳耀兄弟並以身殉。泰際以親故，遁跡故廬，構堂三楹，曰壽硯。自號硯存老人。閉戶箸書，足跡不入城市，四十年如一日。卒年七十有七。門人諡曰貞憲。箸有尐抱集。』內三先生固深於情者，宜其能為情語也。

五

明王子衡（廷相）〈蘇幕遮〉云：『意緒幾何容易辨。說與無情，只作閒愁怨。』閒愁怨皆不得已之至情，子衡未會斯旨。王薑齋先生〈江城梅花引〉云：『飛霜，飛霜，夜何長。有難忘，自難忘。』閒愁怨棖觸於不自知，所謂『有難忘，自難忘』也。薑齋蓋有難忘者。

六

弇州山人〈臨江仙〉後段云：『我笑殘花花笑我，此時顦顇休爭。來年春到便分明。五原無限綠，難染鬢千莖。』意足而筆能達，出語不涉尖。〈春雲怨〉歇拍云：『未舉尊前，乍停杯後，半晌儘堪白首。』極空靈沈著之妙。世俗以纖麗之筆作情語，視此何止上下牀之別。

七

明夏節愍完淳，年十七殉國難，詞人中未之有也。其〈大哀〉、〈九哀〉諸作，庶幾跐美《楚騷》。夫以靈均辭筆為長短句，烏有不工者乎。謝枚如稱其所作如猿唳、如鵑唬，略得其似。唯所舉〈鵲踏枝〉、〈千秋歲〉二闋及〈一斛珠〉、〈憶王孫〉斷句，則猶非甚至者。〈魚游春水・春暮〉云：『離愁心上住，捲盡重簾推不去。簾前青草，又送一番愁句。鳳樓人遠簫如夢，鴛枕詩成機不語。兩地相思，半林煙樹。　猶憶那回去路，暗浴雙鷗催晚渡。天涯幾度書回，又逢春暮。流鶯已為唬鵑妒，蝴蝶更禁絲兩誤。十二時中，情懷無數。』〈婆羅門引・春盡夜〉云：『晚鴉飛去，一枝花影送黃昏。春歸不阻重門。辭卻江南三月，何處夢堪溫。更階前新綠，空鎖芳塵。　隨風搖曳，雲不須蘭棹朱輪。只有梧桐枝上，留得三分。多情皓魄，恐明宵、還照舊釵痕。登樓望、柳外銷魂。』斷句〈柳梢青・江泊懷漱盦〉云：『暝宿吳江，風燈零亂，一晌相思。』〈鵲橋仙・樓夜〉云：『猛然聽得杜鵑唬，又早是、一輪殘月。』

八

《節愍詞〈燭影搖紅〉》云：『孤負天工，九重自有春如海。佳期一夢斷人腸，靜倚銀釭待。隔浦紅蘭堪采。上扁舟，傷心欸乃。梨花帶雨、柳絮迎風，一番愁債。　回首當年，綺樓畫閣生光彩。朝彈瑤瑟夜銀箏，歌舞人瀟灑。一自市朝更改，暗銷魂、繁華難再。金釵十二，珠履三千，淒涼千載。』聲哀以思，與《蓮社詞》『雙闕中天』闋，託旨略同。

九

明于儒穎句：『相守何妨日日愁。』情至語不嫌說盡。若箇愁人，幾生修得。

一〇

明鄒貫衡（樞）《十美詞・紀梁昭小傳》云：『昭動口簫管，稍低於肉。聽之若只知有肉，不知有簫管也者。而簫管精蘊，暗行於肉之中。偷聲換字，令聽者魂消意盡。』此數語精絕。簫管精蘊，暗行肉中。偷聲換字，即在其中。聲律之微，可由此悟入。如或問宮調之說，舉此答之足矣。蓋至此，宮律斷無不合；非合宮律，亦斷不足語此。能知其神明變化之故，則思過半矣。今日而談宮調，已與絕學無殊。古之知音，如白石、紫霞諸賢，何惜舉例陳義，明白朗鬯，以詔示後人，有非言語所能形容。即言之未易詳盡，其委折難期聞者之領會，因而姑置勿論耳。後之知音，不能起前賢為之印證，尤不敢自信自言之。彼鄒貫衡亦未必精研宮律，其談言微中，則夙昔評歌顧曲，閱歷之所得深矣。

一一

國朝湯貞愍名貽汾，字雨生，武進人。世襲雲騎尉，官杭州參將。咸豐初，髮逆陷金陵，殉難，年逾七十矣。工詩、詞、書、畫，有《琴隱園集》。明湯胤績字公讓，鳳陽人。初授錦衣百戶，亦世職。官延綏參將，殉難。工詩、詞，有《東谷遺稿》。兩公於四百年間後先輝映，若合符節，誠佳話也。公讓〈浣溪沙〉云：『燕壘雛空日正長，一川殘雨映斜陽。鸕鷀曬翅滿魚梁。　榴葉擁花當北戶，竹根抽筍出東牆。小庭孤坐嬾衣裳。』頗清潤入格。『擁』字鍊，能寫出榴花之精神。

一二

得舊鈔本《明季二陸詞》，其人其詞皆可傳，欲授梓未能也。節具傳略，並詞數闋如左。陸鈺字真如，海寧人。萬曆戊午舉人。改名蓋誼，字仲夫，晚號退庵。九上春官不第，鍵戶箸書，足不入城市。甲申遭變，隱居貢師泰之小桃源。曰：吾乃不及祝開美乎？未幾，絕食十二日卒。有集十卷。其《射山詩餘〈曲游春．和查伊璜客珠江元韻〉》云：『問牡丹開未？正乳燕身輕，雛鶯聲細。共聽霓裳，看為雨為雲，胡天胡帝。與君行樂處，經回首、依稀都記。攜來絲竹東山，幾度尊前杖底。　鼙鼓東南動地。見下瀨樓船，旌旗無際。未免關情。對楚嶺春風，吳江秋水，暗灑英雄淚。更莫問、年來心事。又是午夢驚殘，歌聲乍起。』前調〈再疊韻〉云：『淥酒曾篘未？羨肉肥絲清。宮浮商細，塞耳休聽。任佗雄南越，秦稱西帝。青史興衰處，盡簡閱、紛綸難記。不如倚杖臨風，一任醉

□花底。　芳草斜陽藉地。看遠樹天邊，歸舟雲際。曲裏新聲。怨羌笛關山，隴西流水，又濕青衫淚。那更惜、闌珊春事。卻看楊柳梢頭，一輪月起。』前調〈三疊韻〉云：『曉日還升未？正虬箭猶傳，獸煙初細。嗚鳥閒關，痛精衛炎姬，子規川帝。千載人何處？笑符讖、何勞懸記。欣然更拓雲藍，自寫新詞窗底。　窗外光陰徧地。纔畫角飄殘，一聲天際。豎子成名。念英雄難問，夕陽流水，獨下新亭淚。儘寂寞、閒居無事。誰論江左夷吾，關西伯起。』〈浪淘沙〉云：『松徑掛斜暉，閒叩禪扉。故人蹤跡久離違。握手夕陽西下路，未忍言歸。　此地是耶非，千載依依。采香徑外越來溪。碧繐緗絇今尚在，歌舞全稀。』前調云：『高閣俯行雲。我一相聞，主人几榻迥無塵。世外興亡彈指劫，一著輸君。　回首太湖濆，斷靄紛紛。扁舟應笑館娃人。比擬子陽西蜀事，話到殘曛。』（原注：『子陽，雙白語也。蓋有所指。』案：『雙白』，意未詳。）

一三

陸宏定，字紫度，號綸山，別字蓬叟，鈺次子。九歲能文工詩，與兄辛齋齊名。（案：辛齋名嘉淑，字冰修。真如長子。其遺稿未見。有〈念奴嬌〉、〈望湘人〉各一闋，見《詞匯二編》。〈漢宮春〉見《明詞綜》。）有『冰綸二陸』之目。宏定一生高潔，有《一草堂》、《爰始樓》、《寧遠堂》諸集。其《憑西閣長短句》，首署『東濱陸宏定著，孫式熊鈔存。』（案：當無刻本。）〈滿路花花朝・輯蒲菊繁蔓圖悼亡姬〉云：『刀尺好誰貽？又是中和節。眾芳何處也，催鶗鴂。春遲候冷，別院梅花發。撫景堪愁絕。自入春來，風風雨雨纔歇。　小庭枯蔓，逗的春消息。新條還護取，穿蘿薜。當年記道，纖手親移植。共倚藤陰月。斷人腸，是花期、轉眼狼籍。』〈望湘人〉云：『記歸程過半，家住天南，吳煙越岫飄渺。轉眼秋冬，幾回新月，偏向離人燎皎。急管宵殘，疏鐘夢斷，客衣寒悄。憶臨歧、淚染湘羅，怕助風霜易老。　是爾翠黛慵描，正懨懨顦顇，向予低道。念此去、誰憐冷煖，關山路杳。纔摧手、教款語丁寧，眼底征雲繚繞。悔不翦、春雨蘼蕪，牽惹愁懷多少。』〈虞美人〉云：『花原藥塢茫鋤去，會底天工意。卻移雙槳傍漁磯。剛被一輪新月、照前谿。　來霜往露須臾換，都是牽愁案。漸添華髮入中年。悔把高山流水、者回彈。』宏定娶周氏，名鑾，字西鑫，郡文學明輔女。事舅姑至孝，撫側室子女以慈。好作詩及小詞。〈別母渡錢塘〉云：『未成死別魂先斷，欲計生還路恐難。』〈詠杏花〉云：『萱草北堂迴晝錦，荊花叢地妒嬌姿。』〈送外入燕・減字木蘭花〉云：『莫便忘家莫憶家。』惜全闋已佚。

一四

《憑西閣詞》篇幅增於射山，而風格差遜。射山閒涉側豔，洎乎晚節，敻然河嶽日星，烏可以詞定人耶？其〈小桃紅〉歇拍云：『終躊躇，生怕有人猜，且尋常相看。』因憶國初人詞有云：『丁寧切莫露輕狂。真箇相憐儂自解，妒眼須防。』此不可與陸詞並論。詞忌做，尤忌做得太過。巧不如拙，尖不如禿。陸無巧與尖之失。

一五

《射山詞〈虞美人〉》云：『可憐舊事莫輕忘。且令三年、無夢到高唐。』余甚喜其質拙。〈一斛珠〉云：『挑燈且殢同君坐。好向燈前，舊誓重盟過。』〈醉春風〉云：『淚如鉛水傍誰收。記記記。卻正煩君，盈盈翠袖，拭英雄淚。』〈一絡索〉云：『一尊銜淚向人傾，拌醉謝、尊前客。』皆佳句。

一六

明屈翁山（大均）《落葉詞》（《道援堂詞》），余卅年前即喜誦之。『悲落葉，葉落絕歸期。縱使歸時花滿樹，新枝不是舊時枝，且逐水流遲。』末五字含有無限淒惋，令人不忍尋味，卻又不容已於尋味。又：『清淚好，點點似珠勻。蛺蝶情多元鳳子，鴛鴦恩重是花神。恁得不相親。』『紅茉莉，穿作一花梳。金縷抽殘蝴蝶繭，釵頭立盡鳳凰雛。肯憶故人姝。』哀感頑豔，亦復可泣可歌。

一七

鄭如英，字無美，小字妥娘。工詩、詞，與卞賽、寇湄相頡頏也。《桃花扇》傳奇〈眠香選優〉等齣，以阿丑之詼諧，作無鹽之刻畫，肆筆打諢，若瓦街匽姝，一丁不識者然。殆未深攷。虞山〈金陵雜題〉：『舊曲新詩壓教坊，縷衣垂白感湖湘。閒開閏集教孫女，身是前朝鄭妥娘。』《板橋雜記》謂：『頓老琵琶、妥娘詞曲，祇應天上，難得人間。』漁洋〈秋柳詩〉，唐葆年云：『為妥娘作。』風調可想。妥娘詩載《列朝詩選閏集》。所箸《紅豆詞》，《眾香集》錄五闋。〈長相思．寄期蓮生〉云：『去悠悠，思悠悠。水遠山高無盡頭，相思何日休。　見春愁，對春愁。日日春江認去舟，含情空倚樓。』〈楊柳枝．游玉隱園〉云：『水漲池塘春草生，喜新晴。麥苗風急紙鳶輕，過清明。　柳絲簾外飄搖起，亂芳英。戲拈紅豆打黃鶯，費幽情。』〈臨江仙．芙蓉亭懷鄭奇逢〉云：『夜半忽驚風雨驟，曉來寒透衾裯。蕭條景色嬾登樓。衡陽歸雁杳，幽恨上眉頭。　臺空院廢人依舊，月沈雲淡花羞。芙蓉寂寞小亭秋。黃花傷晚落，相對倍添愁。』《小傳》云：『無美南曲妙姬，丰姿清麗，神采秀發，而氣度瀟灑，無脂粉態。獨處靜室，未嘗衒容諧俗。其〈詠梅詩〉曰：『虛名每被詩家賣，素豔常遭俗眼嗤。開向人閒非得計，倩誰移上白龍池。』得比興之旨。』

一八

漁洋冶春紅橋，風流文采，炤[ㄓㄠˋ]映湖山。《倚聲初集》（漁洋、程邨同輯）錄〈紅橋懷古・浣溪沙〉十闋，末注云：『紅橋詞即席賡唱，興到成篇，各采其一，以誌一時勝事。當使紅橋與蘭亭竝傳耳。』當時同游十人，漁洋游記未詳。《倚聲集》傳本絕少，亟錄以備甄揚故者述焉。『北郭青溪一帶流，紅橋風物眼中秋。綠楊城郭是揚州。　西望雷塘何處是？香魂蘦[ㄌㄧㄥˊ]落使人愁。澹煙芳草舊迷樓。』（漁洋，三闋存一。）『六月紅橋漲欲流，荷花荷葉幾時秋？誰翻水調唱涼州。　更欲放船何處去，平山堂上古今愁。不如歌笑十三樓。』（杜濬[ㄐㄩㄣˋ]）『清淺雷塘水不流，幾聲寒笛畫城秋。紅橋猶自倚揚州。　五夜香昏殘月夢，六宮釵落曉風愁。多情煙樹戀迷樓。』（邱象隨）『郭外紅橋半酒家，柳陰之下（詞綜作『柳陰陰下』）有停車。笙歌隱隱小窗紗。　曲水已無黃篾[ㄇㄧㄝˋ]舫[ㄈㄤˇ]，夕陽何處玉鉤斜。綠荷開遍舊時花。』（袁于令）『紫陌青樓女史家，門前偷下六萌車。彄[ㄎㄡ]環雙臂綰紅紗。　十二闌干閒倚偏，黃鶯嚦上內人斜。隔江愁聽後庭花。』（蔣階。原評：數首當以此為絕唱。）『一曲紅橋三兩家，門前過盡卓金車。碧楊深處紡吳紗。　疎雨撩風偏細細，晴波受月故斜斜。無情有思隔溪花。』（朱克生）『狹巷朱樓認妾家，捲簾初下碧油車。東風翠袖曳輕紗。　岸上鶯歌隨柳弱，水邊燕尾掠波斜。春江流落可憐花。』（張養重）『綠樹陰濃露酒家，小廊迴合引停車。銀箏嬌倚杏兒紗。水調歌頭聲未了，曲闌干外月光斜。聲聲渡口賣荷花。』（劉梁嵩）『隱隱簫聲送畫橈，迷樓無影見平橋。不須指點已魂銷。港口荷花紅冉冉，岸邊野草碧迢迢。游人依舊弄新潮。』（陳允衡）『鳳舸龍船泛畫橈，江都天子過紅橋。而今追憶也魂銷。繡瓦無聲春脈脈，羅裙有夢夜迢迢。漫天絲雨咽歸潮。』（陳維崧）安邱曹升六（貞吉）珂雪詞亦有追和之作：『幾曲清溪泛畫橈，綠楊深處見紅橋。酒簾歌扇暗香銷。白雨跳波紅冉冉，青山擁髻水迢迢。三生如夢廣陵潮。』神韻絕佳，與諸名輩抗手。

一九

納蘭容若為國初第一詞手。其〈飲水詩填詞古體〉云：『詩亡詞乃盛，比興此焉記。往往歡娛工，不如憂患作。冬郎一生極顛頓，判與三閭共醒醉。美人香草可憐春，鳳蠟紅巾無限淚。芒鞋心事杜陵知，祇今惟賞杜陵詩。古人且失風人旨，何怪俗眼輕填詞。詞源遠過詩律近，擬古樂府特加潤。不見句讀參差三百篇，已自換頭兼轉韻。』容若承平少年，烏衣公子，天分絕高，適承元、明詞敝甚，欲推尊斯道，一洗雕蟲篆刻之譏。獨惜享年不永，力量未充，未能勝起衰之任。其所為詞，純任性靈，纖塵不染，甘受和，白受采，進於沈著渾至何難矣。嘅自容若而後，數十年間，詞格愈趨愈下。東南操觚之士，往往高語清空，而所得者薄；力求新豔，而其病也尖。微特距兩宋若霄壤，甚且為元明之罪人。箏琶競其繁響，蘭荃為之不芳，豈容若所及料者哉。

二〇

容若與顧梁汾交誼甚深，詞亦齊名，而梁汾稍不逮容若。論者曰：失之耙。

二一

《飲水詞》有云：『吹花嚼蕊弄冰弦。』又云：『烏絲闌紙嬌紅篆。』容若短調輕清婉麗，誠如其自道所云。其慢詞如〈風流子・秋郊即事〉云：『平原草枯矣。重陽後，黃葉樹騷騷。記玉勒青絲，落花時節，曾逢拾翠，忽聽吹簫。今來是，燒痕殘碧盡，霜影亂紅凋。秋水映空，寒煙如織，皁雕飛處，天慘雲高。人生須行樂。君知否，容易兩鬢蕭蕭。自與東君作別，剗地無聊。算功名何許？此身博得，短衣射虎，沽酒西郊。便向夕陽影裏，倚馬揮毫。』意境雖不甚深，風骨漸能騫舉，視短調為有進，更進，庶幾沈著矣。歇拍『便向夕陽』云云，嫌平易無遠致。

二二

『如魚飲水，冷暖自知。』道明禪師答盧行者語，見《五燈會元》。納蘭容若詩詞命名本此。

二三

梁汾營捄漢槎事，詞家紀載綦詳。惟《梁溪詩鈔小傳》注：『兆騫既入關，過納蘭成德所，見齋壁大書『顧梁汾為吳漢槎屈膝處』，不禁大慟。』云云，此說它書未載。昔人交誼之重如此。又《宜興志僑寓傳》：『梁汾嘗訪陳其年於邑中，泊舟蛟橋下。吟詞至得意處，狂喜，失足墮河。一時傳為佳話。』說亦僅見，亟附著之。

二四

《香海棠館詞話》及《薇省詞鈔．梁汾小傳》後，載顧、成交誼綦詳。閱武進湯曾輅先生（大奎、貞愍之祖。）《炙硯瑣談》一段甚新，為他書所未載，亟錄如左。『納蘭成德侍中與顧梁汾交最密，嘗填〈賀新涼〉詞為梁汾題照，有云：『一日心期千劫在，後身緣、恐結他生裏。然諾重，君須記。』梁汾答詞亦有『託結來生休悔』之語。侍中歿後，梁汾旋亦歸里。一夕，夢侍中至，曰：『文章知己，念不去懷。泡影石光，願尋息壤。』是夜，其嗣君舉一子。梁汾就視之，面目一如侍中，知為後身無疑也，心竊喜甚。彌月後，復夢侍中別去。醒起，急詢之，已卒矣。先是侍中有小像留梁汾處，梁汾因隱寓其事，題詩空方。一時名流多有和作。像今存惠山草庵貫華閣。雲自在龕藏《天香滿院圖》，容若三十二歲像也。朱邸崝嶸，紅闌錄曲，老桂十數株，柯葉作深黰色，花綻如黃雪。容若青褭絡緹，佇立如有所憶，貌清癯特甚。禹鴻臚之鼎筆。』

二五

或問國初詞人當以誰氏為冠？再三審度，舉金風亭長對。問佳構奚若？舉〈搗練子〉云：『思往事，渡江干。青蛾低映越山看。共眠一舸聽秋雨，小枕輕衾各自寒。』

二六

竹垞〈靜志居琴趣詠繡鞵〉云：『假饒無意與人看，又何用明金壓繡。』語意深刻，令人無從置辯。羅泌〈詠釣臺詩〉：『一著羊裘便有心。』通於斯恉矣。

二七

《江湖載酒集》有〈點絳脣・題虞夫人玉映樓詞集〉，後附原詞。虞名兆淑，字蓉城，海鹽人。案《鶴徵錄》：『李秋錦元名虞兆潢，海鹽籍。』或蓉城昆弟行也。

二八

孫愷似布衣奉使朝鮮，所進書有《朴誾塡詞》二卷，名『擷秀集』，封達御前。見蔣京少《瑤華集》述。海邦殊俗，亦擅音闋，足徵本朝文教之盛。庚寅，余客滬上，借得越南阮緜審《皷栧詞》一卷。短調清麗可誦，長調亦有氣格。〈歸自謠〉云：『溪畔路，去歲停橈溪上渡，攀花共繞溪前樹。重來風景全非故。傷心處，綠波春草黃昏雨。』〈望江南〉十首，錄二云：『堪憶處，曉日聽啼鶯。百襇細裙偎草坐，半裝高屧蹋花行。風景近清明。』『堪憶處，蘭槳泛湖船。荷葉羅裙秋一色，月華粉靨夜雙圓。清唱想夫憐。』〈沁園春・過故宮主廢宅〉云：『好箇名園，轉眼荒涼，不似前年。憶雕甍繡闥，芙蓉江上，金尊檀板，悲翠簾前。歌扇連雲，舞衣如雪，歷亂春花飛半天。曾無幾，卻平蕪牧笛，頹岸漁船。　悠悠往事堪憐，況日暮經過倍黯然。但夕陽欲落，照殘芳樹，昏鴉已滿，啼斷寒煙。暫駐筇枝，淺斟杯酒，暗祝輕澆廢址邊。微風裏，恍玉簫仿佛，月下遙傳。』〈玉漏遲・阻雨夜泊〉云：『長江波浪急。蘭舟叵耐，雨昏煙濕。突兀愁城，總為百憂皆集。歷亂燈光不定，紙窗隙、東風潛入，寒氣襲。鍾殘酒渴，詩懷荒澀。　料想碧玉樓中，也背著闌干，有人悄立。彤管鸞椾，一任侍兒收拾。誰忍相思相望，解甚處、山川都邑。休話及，此宵鵑唬花泣。』緜審字仲淵，公爵。

二九

甘肅人詞流傳絕少。狄道吳信辰先生（鎮）《松厓詩錄》附詞一卷。先生由舉人官至湖南沅州知府，主講蘭山書院。蚤歲詩學為牛空山入室弟子。其集多名人序跋，如袁簡齋、王西莊諸先生并推許甚至。楊蓉裳跋其詞云：『葉脫而孤花明，雲淨而峭峰出。』余評之曰：『鏗麗沈至，是能融五代入南宋者。』〈點絳脣・天台〉云：『水泛胡麻，人間伉儷仙家愛。春風半載，歸去迷年代。　咫尺天台，回首雲霞礙。郎如再。向時嬌態，惟有桃花在。』〈玉蝴蝶・赤壁懷古〉云：『扼腕炎靈，末季中原，大局盡入當塗。猶恃專場爪距，窘迫南烏。不知權、空勞知備；既生亮、可弗生瑜。快斯須。漲天煙火，百萬焦枯。　胡盧。昔年此地，虹銷霸氣，電掃雄圖，折戟沈沙。忽然攜酒到髯蘇。話三分、江山笑汝，成兩賦、風月歸吾。問樵漁，鱸肥鶴瘦，畢竟誰輸。』（後段字字勁偉。）〈意難忘・別人〉云：『繾上離筵，悵斷風五馬，躑躅江干。孤帆天共遠，雙袖淚頻彈。別時易，見時難，儘一霎盤桓。更何時，重園燕玉，再護湘蘭。 夕陽無限關山。有淒涼飛雁，水咽雲寒。梅花雖吐雪，楓葉尚流丹。心上事，不能寬，是舊怨新懽。且暫教，洞庭明月，兩處同看。』（換頭，稼軒勝處。）〈憶少年・題桐陰倚石圖〉云：『飄飄梧葉，團團紈扇，泠泠羅袖。朱顏易凋歇，歎涼風依舊。 石上絲蘿盤左右。乍相偎、遠山即皺。儂心鎮常熱，任蒼苔冰透。』（蘇、辛卻無此娟雋。）

三〇

蜀語可入詞者：四月寒名『桐花凍』，七夕漬綠豆，令芽生，名『巧芽』。（桐娟浙產，生長蜀中，為余言之，不忍忘也。曩歲庚寅，余客羊城，假方氏碧琳瑯館藏書移寫。時距桐娟殂化，僅匝月耳。有〈鷓鴣天〉句云：『殯宮風雨如年夜，薄幸蕭郎尚校書。』半唐老人最為擊節，謂情至語無逾此者。偶憶記之。）

三一

宋大寧夫人韓氏《游靈巖觀音道場，題記磨崖》云：『大寧夫人韓氏朝拜東嶽回，游靈巖觀音道場。四絕之所，崇峰引翠，宛若屏圍。而北主峰峽然五里之聳，而肩有殿，號曰證明。謂其如來化跡，祈應如響。於是發精確志，不懼巇嶮，乘輿而步其上。仰瞻紺像，欣敬不已。及觀巖麓，木怪石奇，景與世別。眺寓移時，頓忘塵慮。若□聖力所加。從心之年，焉能至此。於內自省，尤為之幸。仍知名山勝槩，傳不誣矣。時政和改元季春念五日，孫男左侍禁曹洙、三班奉職深、右班殿直涇侍行。使女憙奴、孫倩奴、喬□奴、□□奴、張吉奴、祝美奴、楊蘂奴、朱采奴、薛珍奴、張望奴董從行。洙奉命題紀嵒石。』使女名入石刻，於此僅見。惜十泐其二，而倩、蘂二名絕韻。余得拓本，珍弆久之，檢付裝池，為賦〈浣溪沙〉云：『捧硯亭亭列十眉，雲涯暫駐絳紗帷。茗華名姓好誰題。　香豔別開金石例，纖穠如見燕環姿。僧彌團扇可無詩。』

三二

詞貴有寄託。所貴者流露於不自知，觸發於弗克自已。身世之感，通於性靈。即性靈，即寄託，非二物相比附也。橫亙一寄託於搦管之先，此物此志，千首一律，則是門面語耳，略無變化之陳言耳。於無變化中求變化，而其所謂寄託，乃益非真。昔賢論靈均書辭，或流於跌宕怪神，怨懟激發，而不可以為訓。必非求變化者之變化矣。夫詞如唐之《金荃》，宋之《珠玉》，何嘗有寄託，何嘗不卓絕千古，何庸為是非真之寄託耶？

三三

誦佛經不必求甚解，多誦可也。讀前人佳詞亦然。昔人言：『客都門者日詣廠肆，循覽插架，寓目籤題，勿庸幡帙，輒有無形之進益。』通於斯旨矣。少日讀名家詞，往往背誦如流。詢以作者誰氏，輒復誤記。蓋心目專注，弗遑旁及。漚尹謂余得力即在是。其知人之言夫。**（求甚解即亦可云旁及。此旨至微。蓋其所專注，在於甚解之外矣。）**

三四

詞無不諧適之調，作詞者未能熟精斯調耳。昔人自度一腔，必有會心之處。或專家能知之，而俗耳不能悅之。不拘何調，但能填至二、三次，愈填愈佳，則我之心與昔人會，簡淡生澀之中，至佳之音節出焉。難以言語形容者也。唯所作未佳，則領會不到。此詣力，不可彊也。

三五

澀之中有味、有韻、有境界，雖至澀之調，有真氣貫注其間。其至者，可使疏宕，次亦不失凝重，難與貌澀者道耳。

三六

問哀感頑豔，『頑』字云何詮？釋曰：『拙不可及，融重與大於拙之中，鬱勃久之，有不得已者出乎其中而不自知，乃至不可解，其殆庶幾乎。猶有一言蔽之，若赤子之笑唬然，看似至易，而實至難者也。』

三七

信是慧業詞人，其少作未能入格，卻有不可思議、不可方物之性靈語流露於不自知。斯語也，即使其人中年深造，晚歲成就以後，刻意為之，不復克辦。蓋純乎天事也。苟無斯語，以謂若而人者之作，蒙竊未敢信也。

三八

問：詠物如何始佳？答：『未易言佳，先勿涉獃。一獃典故，二獃寄託，三獃刻畫、獃襯托。去斯三者，能成詞不易，刱復能佳。是真佳矣。題中之精蘊佳，題外之遠致尤佳。自性靈中出佳，從追琢中來亦佳。』

三九

以性靈語詠物，以沈著之筆達出，斯為無上上乘。

四〇

凡題詠之作，遣詞當有分寸。譬如題某女士所畫牡丹，某女士係守貞不字者，詞中說牡丹之句，必須案切女士身分，不可稍涉輕佻。後段說到女士，亦宜映合牡丹，即畫即人，融成一片。如此作來，不但並不見難，而且必有佳句。從侔色揣稱中出，它題並挪用不得。

四一

《唐秣陵崔夫人墓志》，相傳即《會真記》之鶯鶯。拓本甚舊，或作題詞，就余商定。有『箋碧凝塵』句。『凝』字未愜，屢易字，仍未安，最後得『棲』字，不禁拍案叫絕。此鍊字之法也。

國家圖書館出版品預行編目資料

人間詞話、蕙風詞話／王國維、況周頤　撰著
-- 初版, --新北市：新視野New Vision, 2022.09
面；　公分 . --
ISBN 978-626-95822-6-6（平裝）
1. CST：詞論

823.88　　111009760

人間詞話、蕙風詞話

王國維、況周頤　撰著

出　　版　新視野 New Vision
製　　作　新潮社文化事業有限公司
製 作 人　林郁
電話：(02) 8666-5711
傳真：(02) 8666-5833
E-mail：service@xcsbook.com.tw
印前作業　東豪印刷事業有限公司
印刷作業　福霖印刷有限公司

總 經 銷　聯合發行股份有限公司
新北市新店區寶橋路 235 巷 6 弄 6 號 2F
電話：(02) 2917-8022
傳真：(02) 2915-6275

初　　版　2022 年 09 月